恐怖の谷

コナン・ドイル
延原　謙訳

新潮社版

550

恐怖の谷

第一部　バールストンの悲劇

第一章　警告

「僕《ぼく》はいつも考えるんだが……」と私がいいかけると、シャーロック・ホームズは、

「僕だって考えるさ」ともどかしそうに話の腰《こし》を折った。

私はこれでずいぶん我慢《がまん》づよいつもりだが、こうも小馬鹿《こばか》にしたような笑いかたで話の出鼻をくじかれては、いい気持はしなかった。

「ほんとに君には、ときどきうんざりさせられるよ」私はきめつけてやった。

でも彼《かれ》は、なにか考えごとに気をとられていて、私のこの抗議《こうぎ》にはいっこう返答しなかった。眼《め》のまえに並《なら》べられた朝食には手もつけようとせずに、さっきからほおづえをついて、封筒《ふうとう》からとりだした紙きれにじっと見いっているのである。見ていると、こんどは封筒をとりあげて、明るいほうへ透《すか》してみたり、その表面や、はてはのりづけのなかまでていねいに検《あらた》めた。

「ポーロックの字だ」としみじみした調子でいった。「あの男の字は今までに二度し

か見たことがないけれど、これはたしかにポーロックの字だ、eの字をギリシャ風にくずして、頭のところを妙《みょう》に気どって書くのが癖《くせ》だが、ポーロックがよこしたのだとするとよくよく大切な問題にちがいない」

話しぶりは私を相手というでもなく、まるで独りごとのようだったが、その言葉の内容に興味をひかれて、私はたちまちむしゃくしゃを忘れてしまった。

「ポーロック、ポーロックって、いったい何ものなんだい？」

「ポーロックは一種の雅号《がごう》だよ。人定符号《じんていふごう》にすぎない。ご本尊は正体のはっきりしない、策略に富む男だ。前によこした手紙で、彼はあからさまに、これは本名ではないが、といってはたして何ものであるか、ロンドンにうようよしている幾百万《いくひゃくまん》の人のなかから、探しだせるものなら探してみろと、見えをきっている。

ポーロックそのものは何でもないけれど、何しろある大物と関連があるのでね。鱶《ふか》の露《つゆ》はらいをする鰆《さわら》というか、ライオンのまわりにいる豺《やまいぬ》というか、いずれにしても本人は取るにたりない人物ではあるけれど、その仲間には真に恐《おそ》るべき人物が潜《ひそ》んでいるのだ。単に恐るべき人物とだけでは、要をつくしていない。悪逆な、極悪非道《ごくあくひどう》の人物なのだ。そこに根ざしているのだよ、このポーロックという男は。モリアティ教授のことは、君に話したっけね？」

「あの有名な科学的犯罪者――悪人仲間で有名なことは……」

「僕の赤ら顔のごとしかい？」ホームズは苦い顔をしてはきだすようにいった。

「いや僕は、仲間で有名なわりには、一般《いっぱん》に知られていない、というつもりだったんだよ」

「うまいことを！　君はこのごろすみにおけなくなってきたよ。僕もこれから用心しなくちゃ。だけどモリアティを犯罪者呼ばわりすると、根も葉もない悪口の罪に問われるよ。そこにあの男の驚《おどろ》くべき巧妙《こうみょう》さがあるのだ。

一代の大策士、あらゆる悪行の創始者、暗黒社会の知能的支配者、一国の運命をも左右しかねない英知――それがあの男の正体なのだが、それでいて世間からは少しの疑惑《ぎわく》もいだかれていない。批判の対象にすらならない。実に巧妙にくらましているから、君のいま口をすべらせた一語を口実に、法廷《ほうてい》に持ちだして、名誉毀損《めいよきそん》の慰藉料《いしゃりょう》として君の年金を一年分巻きあげることだってできるんだよ。そのうえ『小惑星《しょうわくせい》の力学』という著書すらある。この本は純粋《じゅんすい》数学の最高峰《さいこうほう》にわけ入ったものだから、科学雑誌の記者のなかにも、こいつの書評のできるものは一人もいないとまでいわれる。

こんな男を中傷したらたいへんだ。世間は君を口のわるい医者だと思い、相手は不当な悪口をいわれたと同情するにきまっている。それが世間というものだ。だがこれで僕も、こまごました事件に忙殺《ぼうさつ》されさえしなければ、いまに見たまえ、きっと何とかしてみせるから」

「早くそうなりたいもんだね」私は心からそれを祈《いの》った。「しかし話はポーロックのことだったはずだね」

「うん、そうだったね。ポーロックと名のる男は、重要なものにくっついている鎖《くさり》の、そこからほんの少し離《はな》れただけのところを占《し》める環《わ》の一つだ。この場かぎりの話だが、環としては丈夫《じょうぶ》なほうではない。僕の調べえたかぎりでは、むしろこの鎖のなかで唯《ゆい》一《いつ》の弱点だといえる」

「鎖というものは、いちばん弱い環の強さで、全体の強さが決定される」

「まったくだね。だからポーロックがきわめて重要になってくるのだ。ポーロックだっていくらかは良心を持っているのだろうし、それに僕から人しれず十ポンド札《さつ》を送ってやったりして、よろしくおだてておいたのが利《き》いて、一、二度いい情報をくれたこともある。それも予報だったから、悪事を懲《こ》らしめるのではなくて、未然に防ぐほうに役だつという、たいへん価値あるものだった。こんどの情報だって、かぎさえわかったら、いまいったような性質のものにちがいないと思うんだがねえ」

ホームズはまだ使っていない自分のとり皿《ざら》の上へ、その手紙をまたしてもひろげた。

腰を浮《う》かして、うえからのぞきこんでみると、そこにはつぎに示すような妙な字が書きつらねてあった——

534 C2 13 127 36 31 4 17 21 41
DOUGLAS 109 293 5 37 BIRLSTONE
26 BIRLSTONE 9 127 171

「これは何だろう、いったい？」

「内密に何かを知らせようとしたんだね」

「それにしちゃ、かぎを教えなければ、何にもならないじゃないか」

「この場合は、まったく意味ないね」

「この場合はというのは、どういう意味なんだい？」

「新聞の尋《たず》ね人広告欄《こうこくらん》に出るわけのわからない文句の裏を読むよりも容易に、かぎがなくても解ける暗号文が、世のなかにはたくさんあるからさ。その程度の幼稚《ようち》な趣向《しゅこう》なら、たわいもなく解けるのだが、こいつは違《ちが》う。何かの本のあるページの言葉を指すのだということだけはわかるけれど、どの本の何ページだか、そいつがわからないかぎり、どうすることもできない」

「それにしてはDOUGLAS《ダグラス》だのBIRLSTONE《バールストン》だのは何だろう？」

「それはこの二つの字が、その本のそのページにないからさ」

「それじゃなぜちゃんと本の指定をしなかったのだろう？」

「冗談《じょうだん》いっちゃいけない。君がいくらお人よしでも、そのためにこそ人に好かれもするのだが、まさか暗号文にかぎを同封して送りはしまい。万一別人の手にでも渡《わた》ったら、たちまち解読されてしまうからね。それに反して、二つに分けておけば、二つともまちがって人の手に渡らないかぎり、害をうけるおそれはない。だからこの場合も、第二の手紙がくるのだ。その手紙に詳《くわ》しい説明があるか、それとも、いやおそらくは、どの本をみろとかならず指定してあると思う」

　ホームズのこの予想は、それから数分をいでずして、みごとに的中した。心まちにしていた手紙を、給仕ビリーが持ってきたのである。

「おなじ筆跡《ひっせき》だ。署名まであるぜ」とホームズは封を切って、なかみをひろげて見ながらうれしそうにいった。「さあ、おもしろくなってきたぞ」

　だが文面に眼をとおす彼の顔は曇《くも》ってきた。

「おやおや、これはがっかりだ。期待がすっかりはずれたらしいぜ。ポーロックのやつ、ひどい目にあわなければいいがな。いいかい、読んでみるよ——

『シャーロック・ホームズさま。あんまり危険ですから、この問題はうち切りにしたいと思います。彼が私を疑いだしたのです。うすうす何かを感づいていることだけは、間違いありません。あなたに暗号文解読のかぎを送るつもりで、この封筒に宛名《あてな》を書いたところへ、ふいにはいってきたのです。どうにか隠《かく》しはしましたが、もし見られていたら、ひどい苦境におちいるところでした。それにしても疑惑をもったことだけは、眼いろで見てとりました。どうぞあの暗号文を焼きすててください。今となってはどうせあなたには役にも立たない代物《しろもの》です。——フレッド・ポーロック』というのだ」

ホームズはしばらくのあいだ、その手紙をひねくりまわしながら、まゆをひそめて暖炉《だんろ》の火に眼をおとしていた。

「要するにこの手紙は何にもならない。あるのはただ後ろめたさの自責くらいのものだ。自分の行為《こうい》が裏ぎりだと思えば、相手の眼つきも恐ろしくなるだろうさ」

「その相手というのは、モリアティ教授なんだろうね？」

「もちろんさ。あの一味では『彼』といえば、それでちゃんと通じるのだ。とくべつの意味をもった『彼』は、仲間のうちには一人しかないのだからね」

「そうかもしれないが、そのモリアティがいったい何をやるというのだい？」

「ふむ、そこが大きな問題なのさ。ヨーロッパ有数の知能をもつうえに、背後に多くの悪者を控《ひか》えたやつなら、どんな事でも勝手ほうだいだからねえ。

いずれにしても、ポーロックのやつすっかり怖気《おぞけ》をふるっている。ちょっとこの手紙を、書いたばかりのところへ踏《ふ》みこまれたという、そっちの封筒の筆跡とくらべてみたまえ。封筒はきれいな字ではっきり書いてあるが、こっちは判読にも困るくらい書体が乱れている」

「それにしては、何だってこんな手紙なぞよこしたのだろう？　黙《だま》って口をぬぐっていたらよさそうなものじゃないか」

「ほっておくと、僕が疑念をいだいて、探索《たんさく》でも始めるかもしれず、かえってやっかいなことになると思ったのだろう」

「それもそうだね」と私は暗号文をとりあげて、じっと見入った。「こんな紙きれ一枚に、何かの秘密がかくされているとわかっていながら、そいつを看破《みやぶ》れないのかと思うと、まったくじれったくなるよ」

とうとう手もつけなかった朝食の皿を押《お》しやったシャーロック・ホームズは、なにかを深く熟考するときというと必ず使う汚《きた》ならしいパイプに火をつけて、いすの背によりかかって天井《てんじょう》を仰《あお》ぎ見ながらいった。

「どうだかな。そいつは抜《ぬ》けめのない君にも似あわず、どこかに見おとしがあるのかもしれないぜ。一つ純理論的に問題を検討《けんとう》してみようよ。まず、この男は本を使っている――というところを出発点とする」

「怪《あや》しげな出発点だな」

「うん、それにしても何か出てこないか、突《つ》きとめてみよう。よくよく考えてみれば、手のつけられないほど難解でもなさそうだ。どういう点が本を暗示しているのだと思うね?」

「そんな暗示なんてありゃしないさ」

「う、うん、それほどでもなかろう。暗号文のはじめは、534という大きな数字だったね。まずこの数字は、暗号のかぎにつかった本のページを示すという作業仮定をおいてみよう。この仮定からこの本はたいへん厚い本だという結論が出てくる。それだけで一歩を進めえたというものだ。

ではつぎに、この厚い本の種類を暗示するものが、何かないだろうか? 暗号文の二字目にC2とあるが、これを何だと思うね?」

「Chapter 2. の略字、すなわち第二章だろう」

「そんな馬鹿なことがあるものか。ページを指定したら、そのうえ章など指定する必要はない。それに五百三十四ページに第二章があるとすると、第一章がおそろしく長いものになるじゃないか」

「わかった！ Column《コラム》（段）だ！」

「よろしい！ ワトスン君はけさは馬鹿に頭がいいね、Cが段《コラム》の略字でないなんていう人がいたら、お目にかかりたいよ。そこで、厚い本で各ページが二段組になっており、その一段が相当字数が多い――というのは暗号のなかに293という数字があるからいうのだが、そういう本をさがせばよいことになった。もうほかに、推理によって導きだせる事項《じこう》はないだろうか？」

「なさそうだね」

「と思うのは考えちがいだよ。もうひとひねり頭を働かしてもらいたいね。本がありふれたものならよいが、そうでなければ送ってよこすところだろう。ところがこの男は、結局中止はしたけれど、暗号のかぎを送るつもりで封筒に宛名を書いていたという。このことは、その本というのが、僕でも容易に手に入れうるありふれたものだということを示すものだろう。彼はむろん持っているが、僕もまた当然一冊を備えているものと思ったのだ。一口にいえば、ごくありふれた本だということになる」

「なるほど。たしかに筋はとおっているね」

「これで捜査範囲《そうさはんい》が、大冊で二段組でありふれた本というところまで、狭《せば》められてきた」

「聖書だ！」私は意気ごんで叫《さけ》んだ。

「おみごと！　といいたいところだが、遠慮《えんりょ》のないところをいうと、未《いま》だしの感がある ね。僕ならいくらほめられても、モリアティ一味のものが、手ぢかにおいていそうもない本は挙げられないね。それに聖書にはいろんな版があるから、僕がおなじ版のものを持っているとは、ポーロックにしても決めてかかれまい。だからこれはどうしても、標準化されて、版が一種類しかない本だ。自分のもっている本の第五百三十四ページが、僕のもっている本の第五百三十四ページとぴったり同じだということがはっきりしている本でなければならない」

「そんな本はあんまりないね」

「そうさ。そこにありがたい味があるのだ。おかげで捜査の範囲がせばめられて、誰《だれ》でも持っているといってよい標準化された本ということになった」

「ブラッドショウの鉄道案内だ！」

「それはむりだよ。ブラッドショウの文章は簡潔でいいけれど、語彙《ごい》がかぎられているから、普通《ふつう》の用事の手紙の用語をそのなかに求めるのはむずかしい。だからブラッドショウは棄《す》てるべきだと思う。なお辞書の類も、おなじ理由から除外してよかろう。すると残るところは何だろう？」

「年鑑《ねんかん》だ！」

「それだ！　僕《ぼく》も君がそういうだろうと思ったよ。まずホイッティカー年鑑の資格審《しかくしん》査《さ》をしてみよう。

第一にこれは普遍的《ふへんてき》に使用されている。ページ数の点も要求にあっているし、二段組にもなっている。語彙もはじめのほうはたしか控え目だったと思うが、終りのほうになるとかなり賑《にぎ》やかだったはずだ」と彼は机のうえからその年鑑をとりあげて、「これが五百三十四ページの第二段だ。ぎっしり詰《つ》まっている活字は、英領インドの資源と貿易について述べているらしい。

ちょっと僕のいう字を書きとってくれたまえ。十三字目はMahratta《マラタ》だ。なんだか幸先《さいさき》はよくないぞ。百二十七字目はGovernment《ガヴァメント》（政府）だから、二字あわせて意味をなさないでもないが、この際われわれやモリアティ教授には関連性が少ないようだな。ま、もう少しやってみよう。マラタの政府がどうしたというのだ？　おやッ、つぎの言葉はPigs-bristles《ピッグス・ブリスル》（豚毛《ぶたげ》）だ。こいつはダメだ。大失敗だよ」

ホームズは冗談めかしていいはしたものの、ぴくぴく動く濃《こ》いまゆが、内心の失望と焦燥《しょうそう》を物語っていた。私もどうすることもできず、みじめな気持でぼんやりと暖炉の火を見つめていた。すると、ながい沈黙《ちんもく》をやぶってホームズが、ふいにうれしそうな声をあげ、戸だなのところへ飛んでゆき、そこから同じような黄いろい表紙の本を一冊とりだしてきた。

「あんまり時代おくれになるまいとしすぎると、かえって損するよ。いつも時代に先行しているので、僕たちが罰《ばつ》をうけたんだ。今日は一月七日だから、僕たちこそ当然あたらしい年鑑をそなえているが、ポーロックは去年のを使ったと考えたほうが自然だろう。暗号解読法の手紙を書くとすれば、むろんそのことは断るつもりだったろう。去年版の年鑑の五百三十四ページが何を語るか、やってみよう。十三字目はThere《ゼア》だから、ものになりそうだぜ。百二十七字目はis《イズ》だ。There is《ゼア・イズ》ときたぜ」ホームズの双眼《そうがん》は興奮にかがやき、字数をかぞえる細い神経質な指さきがかすかに震《ふる》えている。「つぎはDanger《デインジャー》（危険）だ。はは、これはうまいぞ。ワトスン君、書きとってくれたまえ。There is danger, may, come, very, soon, one,（危険が眼前に迫《せま》っている）それからDouglas《ダグラス》という人の名があって、rich, country, now, at, Birlstone, House, Birlstone, confidence, is, pressing（バールストン村のバールストン荘《そう》に住むダグラスという金持に危険が迫っている）。

　どうだ、ワトスン君、純理論で押していった成果は、どんなもんだい？　月桂冠《げっけいかん》が八百屋で売っているものなら、ビリーをひとっ走り買いにやりたいくらいのものさ」

　私はホームズが解読して読みあげるがままに書きとったフールスカップ（訳注　約四十三センチ×三十三センチの大きさの洋けい紙。もとは道化師帽のすかしが入っていた）をひざのうえにおいて、その奇妙《きみょう》な文句にじっと見入った。

「文章がめちゃくちゃだし、いうことが何だか変だね」

「ところがそうでない。なかなかよく書けているよ。たった一段の用語のなかから、必要な文字をさがしだして、自分の意志を表現するのだから、そう完全なことは望まれないよ。半分は相手かたの才知にたよって自分の意志を疎通《そつう》さすしかないのだからね。これで十分意味は通じるよ。

　ダグラスとは何ものだか知らないが、この文面によれば、バールストン村にいる金持紳士《しんし》ダグラスにたいして、悪行をたくらんでいるものがあるというのだ。confidentという字が見あたらないのでconfidenceを代りに使ったのだと思うが、しかもそのわるい企図《きと》の実現がさし迫っているのを確信するというのだ。どうだい、この分析《ぶんせき》はちょっと手ぎわよくいったじゃないか」

ホームズは思いどおりの成果が得られないと暗くふさぎこむが、結果がよいと、傑作《けっさく》をものした美術家のように、わけもなくうれしがるのである。この成功にゆるめた相好《そうごう》のまだおさまらないところへ、ビリーがドアを大きくあけて、警視庁のマクドナルド警部を通した。

この話は一八八〇年代も終りにちかいころのことで、そのころはアレック・マクドナルド警部もまだ今日《こんにち》の全国的な盛名《せいめい》を得てはいなかった。しかし刑事部《けいじぶ》の有望な若手警部の一人として、いくつかの担当事件ですでに相当の功績はあげていたのである。背がたかくて骨ばったからだは、異常な体力の強さを思わせ、大きな頭蓋骨《ずがいこつ》や毛ぶかいまゆの下にふかくくぼんだ眼《め》のいきいきした輝《かがや》きがまた、するどい英知を物語っていた。口かずの少ない、きちょうめんでねばり強い男で、つよいアバディン（訳注 スコットランド東北部）なまりがあった。

ホームズはこれまでに二度もこの男を応援《おうえん》して成功させてやったことがあるが、そのたびにお礼などはもとより受けず、ただ理知的な喜びだけで満足していたから、相手のホームズを慕《した》い尊敬することきわめて深く、しかもその気持をかくそうともせずに、なにかむずかしい問題がおこると、かならずしろうとのホームズの意見を求めにやってくるのだった。

凡庸《ぼんよう》な人間は自分の水準以上のものには理解をもたないが、才能ある人物はひと目で天才を見ぬく。このころすでにホームズは天分からいっても経験からいっても、ヨーロッパ随一《ずいいち》の探偵《たんてい》と認められていたのだから、その助力を仰ぐのを恥《はじ》としないマクドナルドは、だから、探偵として十分の才能にめぐまれていたといえるのである。

ホームズは友情にはあまり動かされない男だったが、この大男のスコットランド人には寛大《かんだい》だったので、彼《かれ》のはいってきたのをみると、微笑《びしょう》をうかべていった。

「やあ、マクドナルド君は朝がはやいね。仕事はうまくいっていますか。ははあ、さては何かおもしろくない問題でも起こったんですね？」

「おもしろくないといわずに、おもしろいといっていただいたほうが、事実にちかいようですよ」警部は如才《じょさい》なくにやりと笑ってみせた。「こんなうすら寒い朝は、ちょっとした皮肉も寒さよけにはいいかもしれませんからね。いえ、タバコはたくさんです。それよりも仕事を急がなきゃなりません。なんといっても事件は早いうちによく調べるのが大切ですからね。こんなことはあなたが誰よりもよくご承知だけれど……」

ここで警部は急に言葉をきって、しんから驚《おどろ》いた顔つきで、テーブルのうえの紙きれをまじまじと見つめた。それは私が書きとったなぞのような暗号文の訳文である。

「ダ、ダグラス！　バ、バールストン！　こ、こりゃ何ですか、ホームズさん？　まるで魔《ま》ものの術みたいだ。いったいぜんたい、こんな名まえをどこから聞いたのですか？」

「いまワトスン君と二人で、暗号文を解読したら、それが出てきたんですよ。その名まえがどうかしましたか？」

警部はあきれて私たちの顔を見くらべた。

「どうしたもこうしたも、バールストン荘という荘園《しょうえん》の主人ダグラス氏が、けさ惨殺《ざんさつ》されたのですよ」

第二章　ホームズの推理

じつに劇的な瞬間《しゅんかん》だったが、そのためにこそホームズは生きているようなものだった。この驚くべき話を聞いて、ホームズが驚きあわてた——いや刺激《しげき》をうけたといってさえ、それは誇張《こちょう》というものであろう。彼の非凡な性質のなかに、冷酷《れいこく》さなどが少しでもあるというのではないが、久しいあいだ刺激には食傷《しょくしょう》しているので、自然と無感覚になっているだけである。

といって、感情こそは動かさないが、理知までが敏活《びんかつ》な働きを休止しているというのではない。それどころか、私は警部のそっけない発表をきいてぞっとしたけれど、彼の顔には、過飽和《かほうわ》溶液《ようえき》から結晶《けっしょう》が析出しはじめるのを見まもる化学者のような、静かな興味ふかそうな沈着さが現われているのである。

「注目に価《あたい》することだ」とだけ彼はいった。

「意外ではないのですか？」

「興味は感じるけれど、意外ではないです。意外さに驚く理由がないですよ。ある筋から私は、その出所がまたおもしろいのだが、ある人物に危険がせまっているという無名の警告状をうけた。それから一時間とたたないうちに、そのことが実現して、その人物が殺されたことを知ったのです。興味はもつけれど、ごらんのとおり、ちっとも意外の感はないですよ」

ホームズは警部にむかって、手みじかに、暗号手紙のきたこと、それを解読したことなどを話してきかせた。マクドナルドは両手にあごをのせてすわったまま聞いてい

たが、赤みがかった黄いろい太いまゆをひそめて、

「私はけさバールストンへ行こうと思いましてね、あなたにもいっしょに行っていただくようにお願いにあがったわけなんです、こっちのワトスン先生にもね。しかしお話をうかがってみると、やはりロンドンにいて仕事をしたほうがよさそうです」

「そんなことはありませんね」

「ないことがあるもんですか！　一日二日のうちに新聞がバールストンのミステリーとして、でかでかと書きたてるでしょうが、それを予言した男がロンドンにいるのでしたら、何がバールストンのミステリーなものですか。ロンドンでその男を押さえさえしたら、それで解決するじゃありませんか」

「それはそのとおりだが、それじゃ君はどうやってポーロックと名のる男を捕《とら》えるのですか？」

マクドナルドはホームズの渡《わた》した手紙をひっくり返して見た。

「カンバウェル区で投函《とうかん》しているが、それだけじゃたいして役にもたたない。名まえは変名だというし、なるほど、これという手掛《てがか》りがありませんね。そうそう、あなたこの男に金をやったとかいいましたね？」

「二度やりました」

「どんな方法でやったのですか？」

「小為替《こがわせ》にして、カンバウェル局留《きょくどめ》で送ったのです」

「受けとりにくるところを見届けなかったのですか？」

「ええ」

マクドナルド警部には意外だったらしく、すこし怒《おこ》ったような調子で詰問《きつもん》した。

「なぜ見張っていなかったんです？」

「最初に向こうから手紙をよこしたとき、お前が何ものだか突きとめることはしないと、誓約《せいやく》をあたえたからです。私は約束《やくそく》はかならず守るのです」

「その男の背後には何ものかがついているというのですか？」

「ついているのは事実です」

「いつぞやお話のあった教授とかですか？」

「そうです」

警部は微笑をうかべた。ちらりと私のほうを見た眼は、まぶたがかすかに震えていた。

「じつはね、ホームズさん、私たち刑事部では、この教授のことになると、あなたはちと気ちがいじみてくるといって、わらっているのですよ。この問題は私もすこし調べてみましたが、教授はきわめて立派な、学問もあり才能もあり、問題なぞない人物じゃありませんか」

「君が教授の才能を認めるところまで進んできたのは、たいへん結構なことです」

「そりゃ認めざるをえませんよ。いつぞやお話をうかがってから、私はあの男に会ってみました。そのとき、どういうきっかけからだったか覚えていませんが、日食の話が出ましてね。するとあの男は反射鏡つきの角灯と地球儀《ちきゅうぎ》をもちだしまして、よくわかるように何の苦もなく説明してくれましたよ。それから本を一冊貸してくれましたがね。私もアバディンではちゃんと教育もうけたのに、残念ながらその本には歯がたちませんでした。しらがあたまのやせた顔で、話しかたのもったいぶったところなぞ、まるで牧師さんといった感じです。帰るとき私の肩《かた》に手をおいた様子なんかまるで、波風あらい世のなかへ出てゆく息子《むすこ》のうえに、神のめぐみのあつかれと祈《いの》る父親のようでしたよ」

ホームズはにっこりして、両手をこすりあわせながら、

「おもしろい！　それはおもしろい！　それでなんですか、その驚くべき会見の場所は、教授の書斎《しょさい》だったのでしょうね？」

「そうです」

「いい部屋だったでしょう？」

「いい部屋でした。立派なものですよ」

「君はつくえのまえにすわったのですか？」

「そうです」

「そうすると君は明るい窓のほうへ向かい、相手の顔は逆光線になったわけですね」

「夜でしたが、そういえば私はランプの光を正面から受けていましたね」

「そうでしょう。もしかしたら、教授の頭のうえの額《がく》に気がつきませんでしたか？」

「見おとしゃしませんよ。これもあなたのご教育のおかげなんでしょうがね。絵がありました。若い女が両手で頭を支えて、横目でこっちを見ている絵でした」

「ジャン・バティスト・グルーズの作です」

警部はお義理に、感心して聞くふりをした。

「ジャン・バティスト・グルーズはね」とホームズはお構いなしに、いすの背にぐっとふかく背をもたせて、両手の指さきを突《つ》きあわせながら、「一七五〇年から一八〇〇年にかけて、はなやかな活躍《かつやく》をした写実派のフランス画家です。むろん画家としての活躍をいうのだけれどね。近代の批評家は、当時の批評家以上にたかく評価していますよ」

警部はいよいよ露骨《ろこつ》に気のない顔をみせて、

「そんな話よりも……」

「いや、待ちたまえ」とホームズはおっかぶせて、「こいつが君のいうバールストン事件ときわめて密接な、ふかい関係があるのですよ。ある意味ではこれが問題の核心《かくしん》をなしているともいえるのです」

警部は力ない微笑をうかべて、哀願《あいがん》するような眼つきで私のほうを見た。

「あなたの思索《しさく》は速すぎて、私にはついていかれませんよ。そう途中《とちゅう》をとばして話されたのじゃ、わかりっこありません。ずっとまえに物故した画家と、こんどのバールストン事件とのあいだに、いったいどういう関係があるというんです？」

「探偵というものは、どんな知識でもいつかは役にたつ時のくるものです。たとえば一八六五年にポルタリースの売りたてでグルーズの『こひつじにまたがる少女』という絵が四千ポンド以上に売れたというような些細《ささい》な事実ですら、何かの考察の出発点とならないとも限りませんからね」

ホームズはあいまいないいかたをしているが、なにかあると見てとったマクドナルド警部は、こんどはお義理でなく、急に乗り気になってみえた。ホームズは言葉をつづけた。

「もう一つ注意しますがね、教授の俸給《ほうきゅう》は、二、三の信頼《しんらい》すべき出版物について確かめたところによれば、年俸七百ポンドです」

「それだのにどうしてそんな高価な絵を……」

「そこです。どうして買えたでしょうね？」

「ふむ、これは見のがせないですね」警部は思案顔になった。「ホームズさん、詳《くわ》し
く話してください。ふむ、こいつはおもしろくなってきたぞ」

ホームズはにっこりした。偽《いつわ》りない賛嘆《さんたん》にあうと、いつでも彼は気をよくするのだ。

ほんとうの芸術家の特質というものだろう。

「それでバールストンゆきは、どうなりました？」

「まだ時間があります」警部は時計を出してみて、「表にタクシー馬車を待たせてい
ますから、ヴィクトリア駅までは二十分も見ておけば十分です。それよりもあの額の
ことですが、あなたはたしか、モリアティ教授には会ったことがないと、いつぞやお
っしゃったですね？」

「会ったことはありませんよ」

「それだのに、部屋の様子なんか、よくおわかりですね？」

「それとこれとは別問題ですよ。私はあの家へ三度はいったことがあります。そのう

ち二度は、そのたびに違《ちが》う口実をもうけてあの家へゆき、教授の帰りを待ちうけたのですが、じっさいは帰ってこないうちに立ちさりました。一度は――さあ、あとの一度のことは、警視庁のお役人のまえではちょっといいにくいな。とにかく最後に行ったときは、教授の書類を勝手に大急ぎで調べてみましたが、その結果は意外でしたよ」

「何か見のがせないものでもあったのですか」

「それがまったく何もないから、かえって意外だったのですよ。それはそうと、あの絵がどんなものだか、これでおわかりになったと思いますが、そういう高価なものを部屋に飾《かざ》っておく教授は、よほどのお金持でなければなりません。俸給は知れているのだし、そのお金をどこから得たのでしょう？　細君はまだありません。弟はこの国の西部地方のどこかで駅長をしている始末、そして教授としての収入は年俸七百ポンドにすぎません。しかもそれがグルーズの絵をもっている」

「それで？」

「結論は明白です」

「ほかに大きな収入があって、しかもそれは非合法なものだとおっしゃるんですね？」

「そのとおりです。そう考えるには、むろん、ほかにも理由がある――クモの巣《す》がいやらしい虫のじっと潜《ひそ》む中心にむかって集まるように、何本もの細い糸がうっすらとある一点を指しているのです。そのなかでグルーズの絵がたまたま君の眼にふれたから、それであの絵のことを話しただけのことですよ」

「なるほど。いや、お話はたいへんおもしろいです。むしろ驚くべきことです。ついてはホームズさん、もうちょっと詳しくお聞かせ願えませんか？　いったいその金をどこから手にいれるのでしょう？　偽造《ぎぞう》ですか？　贋造《がんぞう》ですか？　それとも強盗《ごうとう》ですか？」

「君はジョナサン・ワイルドについて読んだことがありますか？」

「なんだか聞いたような名ですね。小説に出てくる人物じゃなかったですか？　小説のなかの探偵《たんてい》のことは、あんまり調べていないです。いろいろ手柄《てがら》はたてるけれど、その経路はちっとも書いてないですからね。なんの苦労もなく、インスピレーションで動いているだけだから、参考にゃなりませんよ」

「ジョナサン・ワイルドは探偵ではありません。むろん小説の主人公でもありません。大犯罪者です。前世紀の、たぶん一七五〇年ごろの人物です」

「それではさしあたり用のない人物ですね。私は万事実際主義です」

「マクドナルド君、君は三カ月間家にとじこもって、毎日十二時間ずつ犯罪記録を読破したまえ。おそらくこれほど実際的な行動はありません。そうすれば何でもわかる。むろんモリアティ教授のこともわかるようになります。ジョナサン・ワイルドはロンドンの犯罪者のあいだの隠《かく》れたる有力者です。彼は犯罪者に知恵《ちえ》と組織力とを授《さず》けて一割五分の手数料をとったやつです。歴史はくりかえすといいます。一度あったことはまたあるのです。モリアティについておもしろそうなことを少し話しましょうか」

「どうぞ」

「犯罪社会のナポレオン的なこの存在を一端《いったん》として、スリ、恐喝《きょうかつ》常習者、カード詐欺《さぎ》師《し》など社会の害毒にいたるまで、ありとあらゆる犯罪者をふくめて、一連の鎖《くさり》をなしているわけですが、その鎖の第一環《かん》が何ものであるか、私はほんの偶然《ぐうぜん》の機会から知ったのです。

彼の参謀長《さんぼうちょう》はセバスチャン・モーラン大佐といって（訳注『帰還』の冒頭「空家の冒険」参照）モリアティ同様に法網《ほうもう》からは安全にかくされています。この男に教授がいくら与えていると思います？」

「わかりませんね」

「一年六千ポンドです。知恵の代償《だいしょう》ですね。アメリカ式商業主義です。こんなことは偶然知ったのですが、六千ポンドといえば、総理大臣の年俸以上ですよ。この一事でモリアティの収入の程度や仕事の規模がおぼろげながら想像されるというものです。まだあります。私は近ごろモリアティの振《ふ》りだした小切手をすこし追究してみましたが、家政上の支払《しはら》いにあてたもので、犯罪とは直接の関係はないものですけれど、取引銀行が六つもあります。これについて何かご感想がありますか?」

「変ですね、たしかに。あなたはどういう推測を下されますか?」

「金のあることが人の口にのぼるのを恐《おそ》れているのですね。どれだけ持っているか、誰《だれ》にも知られたくないのです。取引口座のある銀行は、二十にもおよぶものと思われます。財産の大半はドイツ銀行とかリヨン銀行とか、おそらく外国銀行に託《たく》してあるのかもしれません。いつか一、二年ひまでもできたら、モリアティ教授をゆっくり研究されるといいですね」

話のすすむにつれて、マクドナルド警部はしだいに釣《つ》りこまれ、ついに我をわすれるにいたったが、ここまでくると不屈《ふくつ》なスコットランド魂《だましい》がにわかに目をさまし、ふと目下の問題を思いだした。

「モリアティがいくら持っていようとも、それはまあいいでしょう。たいへんおもしろい逸話《いつわ》をきかせていただきましたけれど、話がすこし脇道《わきみち》へそれましたよ。お話のうちで要点といえば、モリアティがこんどの犯罪と何かのつながりを持っているということだけですね。ポーロックという男からの通告で、それがわかったというのでしょう？　ほかになにか当面の必要をみたすような資料はありませんかねえ」

「犯罪の動機について、ある程度想像がつかないでもありません。お話によると不可解な、少なくとも今のところ未解明の殺人事件とのことですが、犯罪の根源にいまいうとおりモリアティ教授が絡《から》んでいるものと仮定して、二様の動機が考えられると思います。

第一にモリアティという男は部下を支配するに鉄の規律をもって臨《のぞ》んでいるのです。恐るべき鉄の戒律《かいりつ》です。彼《かれ》のおきてには懲罰《ちょうばつ》は一つしかありません。それは死です。そこでこの殺された男、ダグラスといいましたか、それがどうかしてモリアティを裏ぎったのが動機であり、そのために彼が死を免《まぬか》れぬのを別の部下が知ったのだとは考えられないでしょうか。その懲罰は実行にうつされ、しかる後は見せしめのため、みなに知らされるのです」

「そう、それも一つの考えかたですね」

「もう一つの動機は、モリアティが一つの仕事として計画し、実施《じっし》したと見るのです。なにか盗《ぬす》まれていますか？」

「その点はまだ報告がきていません」

「もし盗《と》られているとすれば、むろん第一の仮定には反するもので、第二の仮定のほうに確実性があります。モリアティとしては利益分配制でその仕事を画策したか、前金をとってやらせたか、どちらかでしょう。それともまた、もっとほかの方法で結託したかもしれないが、いずれにしてもこの問題はバールストンへ行かなければ解決はつきません。私はあの男をよく知っていますが、尻尾《しっぽ》をつかまれる材料をロンドンに残しておくようなやつじゃありませんよ」

「じゃバールストンへ行きましょう！」と警部は勢いよく立ちあがって、「おや、これは意外に手間どった。五分しか時間がありません。そのあいだに支度《したく》をしてください」

「五分あれば十分ですよ、私たちは」ホームズは立ちあがって、急いでガウンを服に着かえながら、「マクドナルド君、途中でどうぞ詳しいことを聞かせてください」

「詳しいこと」は聞いてみると、案外なほど何もわかってはいなかった。わずかに、ホームズのような老練家がみずから調査に乗りだすにふさわしい事件であることだけは知られた。資料としては貧弱《ひんじゃく》ながら、目をみはる内容をもつ警部の説明に、ホームズは眼《め》をかがやかし、骨ばった手をもみあわせながら耳を傾《かたむ》けた。ひきつづき数週間にわたり退屈をかこっていたが、これでどうやら卓抜《たくばつ》な知力にふさわしい相手が得られたわけだ。天賦《てんぷ》の才能にもいろいろあるが、すべて使わないでいると本人は堪《た》えがたい退屈を感じてくるものだ。するどい知力は使わずにおくとさびてにぶるものである。

ホームズは両眼をかがやかし、青じろい両のほおをややほてらして、働き場所を得たよろこびが満面にあふれていた。馬車のなかでは前こごみになり、サセックス州で私たちを待っているという事件の簡単な輪郭《りんかく》を語るマクドナルドの話を熱心に聞きとった。

だが警部自身とても、聞いてみると早朝の牛乳列車に託して届けられた走りがきの報告をもとに話しているにすぎなかった。偶然にも現地の警察官ホワイト・メースンと個人的に知りあいなので、地方警察からロンドン警視庁へ援助《えんじょ》をあおいでくる普通《ふつう》の場合にくらべると、いくらか早めに警部の耳にはいっただけの事である。地方からロンドンへ助力を求めてくるのは、よくよく手掛《てが》かりの乏《とぼ》しい場合にかぎられていた。

警部が読んできかせてくれたメースンの手紙はつぎのとおりである。

マクドナルド警部どの——公式の依頼状《いらいじょう》は別書さしだしましたが、とくに私信をもってお願いします。バールストン着の時刻を電報してくだされば、駅までお迎《むか》えに出ます。万一私のからだの空かないときは、代理のものをかならず出します。大事件ですよ。どうか一刻もはやくお出《い》でください。なおできればシャーロック・ホームズ氏ご同伴《どうはん》くだされたく、同氏一流の方法にて何らかの発見があるものと期待します。本件はその中心に死者があるという一事を除外して考えても、劇的効果をねらって企図《きと》せられたものと考えるよりほかない様相を呈《てい》しています。大事件であることを重ねて申上げます。

「君の友だちは馬鹿《ばか》ではないようだ」

「とんでもない！　ホワイト・メースンは私にいわせれば、なかなかのやり手ですよ」

「で、話はそれだけですか？」

「あとは向こうへ着いてから、メースンに詳しいことを話してもらいましょう」

「だってダグラス家だの、そこの主人が惨殺《ざんさつ》されたなんていうことは、どうしてわかったのですか？」

「同封《どうふう》してあった公式文書のほうにありました。ただし惨殺なんていう字は使ってありゃしませんけれどね。公用語にそんな字はありません。公式文書にはジョン・ダグラスの名と、散弾銃《さんだんじゅう》で頭部を射たれていること、発見は昨夜の十二時ちかくで、明らかに他殺であること、犯人はもとより容疑者もまだ逮捕《たいほ》されないこと、事件がきわめて怪奇《かいき》で難解なことなどが書いてありました。いまわかっているのはそれだけです」

「じゃ今のところ、それはそれとして、そっとしておきましょう。不十分な資料で、早まった仮説なんか作りあげるのは、この職業には禁物ですからね。いま確実にわかっているのは、二つのことだけです。ロンドンに知能のすぐれたものが一人いるということと、サセックス州である男が殺されたということです。この二つのあいだをつなぐ連鎖《れんさ》を突きとめるのが、この旅行の目的なのです」

第三章　バールストンの悲劇

さて、ここでくだらない私のおしゃべりをしばらくやめて、あとで知ったことに基《もと》づき、私たちの到着前《とうちゃくまえ》に現場でおこったことを述べるのを許していただきたい。事件の関係人物や、その人たちの運命を左右した不思議な道具だてなどを読者に知ってもらうには、そうするよりほかないのである。

バールストン村というのは、サセックス州の北辺にちかい小さな、半木造の家の集まったごく古い村である。何世紀来すこしも変らぬ村だったのだが、この数年、美しい風光や場所が、金のある人たちの注目するところとなり、周辺の森のなかなどにそういう人たちの別荘《べっそう》がちらほらしだしてきた。この森というのは、北へゆくに従ってしだいに浅くなり、ついに丸裸《まるはだか》ともいうべき白堊質《はくあしつ》の丘地《おかち》になっているのだが、古代のいわゆるイングランド南部森林地帯の一端をなすものと土地の人たちは考えている。

人口がますにつれ、小さな商店などがいくつかできたりして、バールストンの古い村はじきに近代的な都市になりそうに思われる。付近で目ぼしいところといったら、十マイルか十二マイルも東の、ケント州ざかいにあるタンブリッジ・ウエルズの町くらいのものだから、いまでもこのあたりがかなりの土地の中心をなしているのである。

村の中心から半マイルばかり、ブナの大木があるので有名なふるい公園のなかに、バールストンのふるい領主館《りょうしゅやかた》がある。いわれのあるこの建物の一部は、第一回十字軍（訳注 十一世紀末）の昔《むかし》、ヒューゴー・ド・カプスが赤顔王ウィリアム二世から拝領の土地の中央に小要塞《ようさい》を作った当時のものである。

この要塞は一五四三年の火事で焼失したが、ジェームズ一世の時代に、この封建《ほうけん》時代の要塞のあとへ、焼けて黒くなった礎石《そせき》を使って建てたのが、現在のレンガづくりのバールストン館《やかた》なのである。多くの破風《はふ》や、ひし形の小さなガラスをはめた窓のある領主館は、十七世紀のはじめに建てたままの俤《おもかげ》を、今もなおのこしていた。いまはちがって尚武《しょうぶ》の気風さかんだった先祖が、防衛のため設けた二重の堀《ほり》のうち、外がわのは水を乾《ほ》して、いまでは菜園となって台所をうるおしている。

内がわの堀は、深さこそ数フィートにすぎなくなってはいるが、幅四十フィートの水堀として現存《げんそん》し、館の周囲をぐるっと取りかこんでいる。そして小さな流れが一方からつねに流れこみ、ほかから流れ出ているので、堀の水は濁《にご》ってこそいるけれど、溝水《どぶみず》のような不健康さはない。建物の一階の窓は、この水面から一フィートくらいしかなく、家へはいるには跳《は》ね橋が一つあるだけである。しかもその鎖や巻揚機《まきあげき》は久しいあいださびついて壊《こわ》れたままだった。

しかしこの館の最後の居住者であったダグラス氏が、もちまえの根気づよさから、とうとうこれを直して、橋をあげられるようにしたばかりか、じっさい毎夕これを巻きあげて、朝になるとおろしていたのである。このように封建時代の風習を復活したので、館は夜ごとはなれ小島になる――そのことが、やがてイギリスじゅうの話題をさらうことになった怪事件と、ふかい直接のつながりを持つのである。館は久しく住む人もないままに荒れはてて、これではいまに絵にあるような廃墟《はいきょ》と化するしかあるまいと思われたのを、ダグラス氏が買いとったのである。家族は二人きり、ジョン・ダグラスとその細君である。

ジョン・ダグラスは心身ともに非凡《ひぼん》な人物だった。年のころは五十くらい、あごのはったしわの多い顔に半白の鼻下ひげがあり、灰いろの眼は妙《みょう》に鋭《するど》さがあった。筋ばったたくましい体格には、青年時代の強さや活動力が少しも失われていなかった。

人柄は誰にたいしても快活で陽気だったが、することにどこか投げやりなところがあって、サセックス州のいなかの社交界あたりよりもずっと低い水準の社会を経験してきたことを思わせた。それでも、教養のある隣人《りんじん》たちからは、いくらか好奇の眼で見られ、わけ隔《へだ》てをされはしたけれども、彼はじきに村の人気ものになり、村のあらゆる行事には気まえよく寄付をするし、喫煙《きつえん》自由の音楽会やそのほかの集まりには出席するし、そうした場合は、すぐれて声量豊かなテナーをもっているので、求められればいつでもすばらしい歌をうたって聞かせるのだった。

カリフォルニアの金鉱でこしらえたのだとかで、金はどっさり持っているらしかった。金のことはともかく、夫婦《ふうふ》の話しぶりから、二人が一時アメリカで生活してきたことだけは明らかだった。気まえがよいのと、民主的なので博した好評は、彼が危険にたいして平然としているので、いっそう強化された。

乗馬はへたくそなくせに、会でもあるとかならず出席して、一流の乗り手に伍《ご》して一歩もゆずらず、そのあげくに見ごと落馬したりした。牧師館の出火のときはまた、土地の消防隊もさじをなげていたのに、生命《いのち》しらずにも再度その家にはいって大切なものを持ちだし、勇名をとどろかせた。

かくして領主館のジョン・ダグラスは五年を出でずしてすっかりバールストンの人気ものとなったのである。

細君のほうもまた、イギリス社会の風習として、紹介者《しょうかいしゃ》なしにいなかへきて定住したものなど、正式に訪問するものはほとんどないわけだが、それでも知りあった人たちには、評判がよかった。このことはしかし、性質が引込《ひっこ》み思案で、どうみても良人《おっと》のことや家事に余念のないらしい夫人にとっては、すこしも気にならなかった。夫人は、ダグラス氏が妻を失ってロンドンで独身生活をしていた時代に知りあって、結婚《けっこん》したのだといわれる。

夫人は美しい。ほっそりと背が高く、かみや眼はくろっぽくて、良人よりは二十くらいも若く、不釣合な夫婦だけれど、それがため夫婦生活の不満をかもすような様子はさらに見えなかった。それでもこの夫婦をよく知っているものの眼からすれば、どうかすると、夫婦がたがいに打ちとけあった包み隠しのない仲だとは思えない節があった。それというのが、細君は良人の過去のことをあまり話したがらない——というよりも、この方が真相なのだろうが、過去のことを完全には教えられていないらしいのである。

また、二、三の注意ぶかい連中のなかには、夫人はどうかすると心配そうな様子をしている、ことに良人が留守で、帰りのおくれたときなど、何ごとも手につかないほど気がもめるらしいといって、とかくのうわさをするものもあった。

単調ないなかでは、あらゆるゴシップが歓迎《かんげい》されるもので、だから領主館の夫人のこうした弱点が、うわさのたねにならぬはずはなく、こんどの事件が起こってみると、いかにもそれが意味ありげでもあり、村の人たちは輪をかけて記憶《きおく》をあらたにさせられたのである。

なお、領主館にはもう一人の人物がいた。これはちょいちょい来ては泊《と》まってゆくだけではあったが、たまたま、これから語ろうとする奇怪な事件の当日も泊まりあわせていたので、その名まえが一般《いっぱん》にぱっと有名になったのである。この人はロンドンのハムステッドのヘールズ荘というところに住むセシル・ジェームズ・バーカーという背のたかい、締《し》まりのない体格《からだ》つきの男で、館へはしげしげとやってきていたから、バールストンの表通りでは村人の見なれた姿であった。

この男はまた、この地へ来てからのことはわかっているが、前身のわからないダグラス氏の過去を知る唯一《ゆいいつ》の人という意味で、いっそう注目されていた。バーカーがイギリス人であることは疑問の余地がないが、彼のいうところによれば、ダグラスを知ったのはアメリカで、あちらでかなり親しくしていたという。

バーカーはかなりの資産があるらしく、そのうえ独身だということである。年はダグラスよりもやや若く、せいぜい四十五くらいか、背がたかく、しゃんとして胸のはった男で、きれいにひげをそった顔はプロボクサーのよう、黒くて太いまゆの下には黒い横柄《おうへい》な眼が光り、強力な腕力《わんりょく》にたよることなしに、それだけで敵意ある群衆をも威圧《いあつ》するだけの力があった。

馬にも乗らず銃猟《じゅうりょう》もせず、彼はパイプを口に毎日村のほうをぶらぶらしたり、ダグラスと二人で、ダグラスのいないときは夫人と、美しい田園の道に自動車をのりまわしたりして日を送った。

「のん気で大まかなかたですよ。でもねえ、どちらかと申せば私にはねえ」と執事《しつじ》のエームズはいっている。

ダグラスとは心から親密にしているが、夫人とも親しく、それがため良人のほうが心平らかでない様子も、どうかすると召使《めしつか》いたちにさえ見てとれた。ほとんど家族の一員ともいうべきこうした第三者が泊まりあわせているとき、大きな異変がおとずれたのである。

この古い館のなかにいるそのほかの人物については、きちょうめんで有能な執事のエームズと、夫人の手助けをするふとって快活なアレン夫人の二人だけをあげておけば十分だろう。そのほか六人の召使いがいるけれど、これは一月六日のあの事件には関係がないのである。

サセックス州警察のウイルスン巡査《じゅんさ》部長が主任者である土地の警察へ、最初の急報がはいったのが夜の十一時四十五分であった。セシル・バーカー氏がひどく興奮して警察へ駆《か》けつけ、ベルをそうぞうしく大きく鳴らしたのである。領主館でおそろしいことが、ジョン・ダグラスさんが殺されました。息せききっての訴《うった》えだった。バーカーはそれだけいうと、急いで引きかえしていった。ウイルスン部長は急いで州警察本部に、変事のあったことを連絡《れんらく》しておいて、それから二、三分後にはバーカーのあとを追ったが、館へ着いたのは十二時ちょっと過ぎだった。

行ってみると跳ね橋はおりていて、あちこちの窓からは灯火《あかり》がもれており、家のなかは大騒《おおさわ》ぎになっていた。まっ青な顔をした召使いたちはホールに集まっており、もみ手をしながら玄関《げんかん》に出迎えた執事も、すっかり胆《きも》をつぶしていた。そのなかでセシル・バーカーだけは落ちつきはらっているようにみえた。彼《かれ》は玄関わきの一室の戸をあけて、部長をさし招いた。

そのときウッド博士といって、元気で手腕のある村の開業医が駆けつけた。そこで三人がつれだって変事のあった部屋へはいってゆくと、恐怖《きょうふ》におそわれた執事がつづいてはいり、恐《おそ》ろしい光景を女中たちに見せないように、ドアを閉めきった。

死体は部屋の中央に、手足をのばして仰《あお》むけに長くなっていた。ねまきのうえにピンクのガウンをひっかけただけで、素足《すあし》にスリッパをはいている。医者は死体のそばへひざまずいて、テーブルのうえにあった台ランプをかざして見た。ひと目みただけで、もう手のつけようのないことがわかった。とてもひどい傷である。

死体の胸のところに、引金から一フィートばかりうえで銃身を切りとった不思議な散弾連発銃がもたせかけてあった。この銃でごく近接して射撃《しゃげき》したこと、顔にその全弾をうけたため、頭部がめちゃめちゃに潰《つぶ》れたのであることは明らかであった。二つの引金を針金で連結して、二発が同時に発射されて、威力を強化するようにしてあった。

とつぜん大きな責任のふりかかってきたいなか警官は、当惑《とうわく》しきっていた。

「上官の来るまでは、何も手をつけないことにしましょう」おそるべき頭部を気味わるそうに見ながら、声をひそめていった。

「まだ何も動かしてはいませんよ。その点は保証します。何もかも私が発見したときとそっくりですよ」セシル・バーカーがいった。

「発見はいつです？」部長は手帳を出した。

「ちょうど十一時半です。寝室《しんしつ》へははいりましたが、まだ服もぬがずに、暖炉《だんろ》のそばへ腰《こし》をおろしていたところ、銃声が聞こえたのです。あまり大きな音じゃなかった――おさえつけられたような音です。そこで急いで降りてきたのです。この部屋へはいるまでに三十秒とはかかっていないと思います」

「ドアは開いていましたか？」

「開いていました。するとダグラスがこのとおり倒《たお》れていて、寝室用のろうそく立てが、テーブルのうえにともしてありました。このランプはしばらくたってから私がともしたのです」

「誰《だれ》もいなかったのですか？」

「ええ。私のあとから奥《おく》さんが階段をおりてくる足音が聞こえましたから、この恐ろしい場面を見せてはならないと思い、急いでとめに出ましたが、そこへ家政婦のアレン夫人がやってきて、奥さんをつれ去ってくれました。そのとき執事のエームズが来ましたので、つれだってこの部屋へ引きかえしました」

「でも跳ね橋は、夜はあげてあるのだと聞いていますが？」

「私がおろしたのです」

「それでは犯人の逃《に》げ路《みち》はなかったわけだ。これは問題ありませんよ。ダグラスさんは自殺したのにちがいない」

「初めは私たちもそう思いました。でもここを」とバーカーはカーテンをめくって、ひし形のガラスをはめた高い窓がいっぱいに開けてあるのを示しながら、「ここを見てください」といってランプで、窓わくのうえに靴底《くつぞこ》の形に血がついているのを照らしだした。「何ものかここから逃げていますよ」

「堀をわたって逃げたというのですか?」

「そうです」

「すると、あなたは銃声がしてから三十秒でこの部屋へきたということですが、そのとき犯人はまだ堀のなかにいたことになりますね?」

「むろんそうだと思います。あのとき私が窓へ駆けよっていたら、問題はなかったのですが、ごらんのとおりカーテンがおりていたので、まったく気がつかなかったのです。それにあのときは奥さんの足音が聞こえるので、これはこの部屋へ入れてはいけないと、そっちへ気をとられてしまって……これを見せたら、それこそたいへんでしょうからね」

「それはたいへんですよ!」医者が、ぐしゃりと潰れた頭部を見おろしながら、「バールストン鉄道の衝突《しょうとつ》事故のとき以来、こんなひどい傷は見たことがありませんよ」

「しかしですねえ」いなか巡査のまのびした常識は、開けてあった窓がまだ気になる。「犯人が堀をわたって逃げたのはよいとして、私のわからないのは、橋があげてあるのに、どこからこの家へ忍《しの》びこんだものでしょう?」

「うむ、そこが問題ですね」バーカーがいった。

「橋は何時にあげたのですか？」

「六時まえでございます」執事のエームズが答えた。

「日没《にちぼつ》にあげるのだと聞いているが、それだとこのごろの夜ながでは、六時なんかじゃなく、四時半ごろのはずだね」

「奥さまのところへ、お茶のお客さまがございましたので、お帰りをお待ちしまして、私が巻きあげましたので」

「ではこういうことになるな。もし外部から誰かはいったものとすれば――二人以上かもしれんが――そのものは六時まえに橋をわたってはいって、十一時すぎにダグラスさんがこの部屋へはいってくるまで、ずっとどこかに隠《かく》れていたということになる」

「そのとおりです。ダグラス君は毎晩寝《ね》るまえに、灯火が消し忘れたりしてないか、家のなかをかならず見てまわりました。むろんこの部屋へもはいったわけです。犯人はそれを待ちかまえていて、射《う》ったのです。そして鉄砲《てっぽう》をおいて、窓から逃げていった。こういう順序だろうと思うのです。そうとしか考えられませんよ」

　そのとき部長は死体のそばから一枚の紙きれを拾いあげた。それには大文字でV.V.とあり、その下に341と数字がインキでぬたくってあった。

「これは何でしょう?」

部長がさしだしたのを、バーカーは好奇《こうき》の眼でのぞきこみながら、

「ついぞ見たことがありませんが、犯人が落としていったのですね」

「V. V. 341とはいったい何のことだろう?」

部長は太い指さきでひねくりまわしながら、

「V.V.? 名まえの頭文字《かしらもじ》かもしれんな。ウッド先生、それは何ですか?」

ウッド博士が暖炉《だんろ》のまえの絨毯《じゅうたん》のうえで拾いあげたのは、かなり大きくてしっかりした金《かな》づちである。セシル・バーカーはマントルピースのうえに真ちゅうくぎのはいった箱《はこ》のあるのを指さして、

「ダグラス君はきのう額《がく》をとりかえてました。現にいすにのって大きな額を壁《かべ》にかけていたのを私が見ています。その金づちはそのとき使ったのでしょう」

「落ちていたところへもどしておいたほうがよいですね」部長は当惑したように頭をかいた。「この事件を究明するには、警察界でも一流の腕《うで》ききを煩《わずら》わさなきゃなりますまい。いずれロンドン警視庁から誰かくることになると思います」といい、台ランプをとって室内をゆっくり歩きまわっていたが、カーテンをめくってみて、びっくりして叫《さけ》んだ。「おやおや! このカーテンは何時に閉めたのですか?」

「ランプを入れましたときでございますから、四時すぎでしたと存じます」執事が答えた。

「誰かここに隠れていたな」部長はランプをかざして、すみのほうにあるどろ靴のあとを照らしだした。「やっぱりあなたの推定があたっていますよ、バーカーさん。これでみると犯人は、カーテンをおろしてから、橋をあげるまでだから、四時以後六時までに、この家へはいりこんだのですな。そしてまず手近のこの部屋へ忍びこんだが、ほかに隠れるところがないから、このカーテンのうしろに身を潜《ひそ》めたのです。ここまでは明らかです。目的はおそらく何か盗《と》るつもりだったのだが、たまたまダグラスさんがはいってきて見つかったので、殺しておいて逃げたのですな」

「私もそう思います」バーカーがいった。「それにしても、いまは一刻も猶予《ゆうよ》はなりません。いまから手わけして、犯人が遠く逃げないうちに、付近一帯を捜査《そうさ》すべきじゃないでしょうか？」

部長はしばらく考えてから、

「朝の六時までは汽車がないから、そのほうは心配がありません。もしまた歩いて逃げるとすれば、ずぶ濡《ぬ》れだから、かならず人目につきましょう。いずれにしても、私としては責任があるから、いまここを動くわけにはゆきません。そうかといってあなたがたにも、事情がもっと明らかになるまでは、ここに留《とど》まっていただかなければなりますまい」

ウッド医師はランプをとって、死体をこまかに調べていたが、このとき、

「これは何のマークでしょう？　まさかダグラスさんの殺されたことに関係はないでしょうねえ？」といった。

死体の左腕《うで》は、ガウンのそでからひじのあたりまでにゅっと出ているが、その前腕の中ほどのところに、丸のなかに三角をかいた茶いろの妙《みょう》なマークが、ラードいろの皮膚《ひふ》のうえに、あざやかに印せられているのである。

「これは刺青《いれずみ》ではありません」医師は眼鏡のおくからしげしげのぞきこみながら、「こんなのを見るのは初めてですよ。人間が牛みたいに焼印をおされた例は、ないでもありませんけどね。いったいこれは何を意味するのでしょう？」

「何を意味するのか私にもわかりませんけれど、ダグラス君がこのマークをつけているのは、十年来ときどき見て知っていました」セシル・バーカーがいった。

「私も知っておりました」執事が口をだした。「旦那《だんな》さまがそでをまくりあげられますと、よくこれが見えましたので、何だろうと怪《あや》しんだものでございます」

「では殺されたこととは関係がないな」部長がいった。「それにしてもヘンテコなも

のだ。この事件はなにからなにまでヘンテコだらけだ。おや、どうしたね？」

執事が、投げだした死体の手さきを指さして、びっくりして奇声を発したからである。

「結婚指輪《けっこん》がとられています！」

「なに、結婚指輪？」

「はい、これはどうも！　旦那さまはカマボコ形の金の結婚指輪をいつも左の小指にはめていらっしゃいました。そのうえから天然金塊《てんねんきんかい》を飾《かざ》りにしたのをはめて、薬指にはへびのからんだ形のをはめていらっしゃいました。金塊のとへびのはございますけれど、結婚指輪だけがなくなっております」

「エームズのいうとおりです」バーカーがいった。

「結婚指輪のほうが奥になっていたというのだね？」部長が念をおした。

「はい」

「してみると犯人は、まず金塊指輪とかいうのを抜《ぬ》いてから、結婚指輪をとり、そのあとで金塊指輪をはめていったことになる」

「そのとおりですな」

尊敬すべきいなか部長は頭をふって、

「これは一刻もはやくロンドン警視庁に出張してもらったほうがいいようだな。ホワイト・メースン警部もやり手だから、この土地の事件であの人の持てあましたことなんか、一度だってないです。いまに来てくださると思いますが、私としてはこっちで手をつけるまえに、ロンドンへ頼《たの》むべきだと思いますよ。いずれにしても、この事件は私のようなものには荷が勝ちすぎるとはっきりいっても、恥《はじ》じゃないと思いますね」

第四章　暗　黒

サセックス州警察の主任ホワイト・メースン警部が、バールストンのウイルスン巡査部長の急報に接して、二輪の軽馬車で、馬に汗《あせ》をかかせて到着《とうちゃく》したのは午前三時だった。そして五時四十分の列車に託《たく》して、警部はロンドン警視庁へ報告を送り、十二時には私たちを迎《むか》えるためバールストン駅へ出ていた。

ホワイト・メースン警部はもの静かな、気らくそうな顔つきをした男で、スコッチのゆるい服を着ていた。きれいにそった赤ら顔に、ややふとり気味、力づよいガニまたところで、小百姓《こびゃくしょう》か隠居《いんきょ》した猟場番《りょうばん》といったところで、たにきちんとゲートルをつけたところは、誰の眼にもうけとれなかった。これが有能な地方の捜査官とは、誰の眼にもうけとれなかった。

「こいつはまったくの大ものですよ、マクドナルド君」メースン警部は何度もそれをいった。「新聞記者が知ると、うるさいことになるから、早いとこ片づけてしまいたいものです。よけいなおせっかいをしたり、手掛《てが》りも何もめちゃめちゃにしてしまうに決っていますからな。とにかく今までに経験したことのない大ものですよ。こいつはあなたにも、たしかに手応《てごた》えがありますよ、ホームズさん。それにワトスンさんにもですな、医学上のご意見をうかがわなければ、解決がむずかしいです。ウエストヴィル・アームズにお部屋をとらせておきました。ほかに宿屋がないからですが、でも割と清潔ないいところだそうです。お荷物はこの男にお渡《わた》しください。じゃ、どうぞこちらへ」

メースン警部はそうぞうしくて陽気な男だった。十分後には、私たちは宿屋へはいっていた。つぎの十分後には、私たちは宿屋の別室に集まって、前章に述べたような事件の概略《がいりゃく》を、手みじかに聞いていた。マクドナルドはときどきノートをとっていたが、ホームズは植物学者が珍《めずら》しい高貴な花でも観察するような調子で、だまってすわったままびっくりした顔つきをして、おとなしく耳を傾《かたむ》けていた。

「珍しい事件だ！」ひと通り話がすむと、彼《かれ》はいった。「まったく驚《おどろ》くべき事件です！　こんな奇妙な事件にぶつかるのは初めてですよ」

「あなたはそういうだろうと思いましたよ」ホワイト・メースン警部はうれしそうだった。「サセックスの警察は機敏《きびん》です。今暁《こんぎょう》三時から四時のあいだに、ウイルスン部長から引きついだ事情は、以上お話ししたとおりです。老いぼれ馬をせきたてて駆《か》けつけましたが、行ってみたら、何もそんなに急ぐほどのことはなかったとわかりましたよ。何しろ私が即刻《そっこく》手を下さなきゃならないこともなかったですからね。ウイルスン部長がすっかり調べていました。私としてはそいつを検討《けんとう》したうえ、よく考えて、二、三の追加をしたくらいのものです」

「ほう、どんなことを？」ホームズは聞きのがさなかった。

「そうですね、まず金づちをしらべてみました。それにはウッド博士も加勢してくれましたが、そいつを暴力に用いた形跡《けいせき》はなかったです。私としては、ダグラスさんがそれで防御《ぼうぎょ》したのなら、絨毯のうえに落とすまえに、相手に傷ぐらいつけたかもしれないと思ったのですが、血のあとなんかついていないです」

「というだけでは、むろん何の証拠《しょうこ》にもなりませんな」マクドナルド警部がいった。「金づちで人殺しをしながら、金づちになんのあともものこさなかった実例はたくさんありますからね」

「それはそうです。血のあとがついていないからといって、それを使わなかったという証明にはなりません。でも万一血のあとがついていたら、使った証拠にはなりますからね。この場合はまあ、なんにもなかったわけです。

つぎに鉄砲をしらべました。これはシカ射弾《うちだま》を使う口径の大きな連発散弾銃《さんだんじゅう》で、ウイルスン部長も注意したように、二つの引金が針金で連結してありますから、うしろのを一つ引けば、二発同時に発射されることになります。誰《だれ》のやったことか知らないけれど、万が一にもやり損じないようにというはらだったのですな。

鉄砲は二フィートくらいに短く切りつめてありますから、上着の下にでも容易にかくして持ちはこびできます。製作者の銘《めい》は完全には読みとれませんけれど、二つの銃身の中間の凹《くぼ》んだみぞにPENという字だけ見えています。あとは銃身が切りとられているからわかりません」

「Pという字は飾りつきの大きな字で、EとNは小さい字ですか?」ホームズがきいた。

「そうです」

「ペンシルヴァニア小銃会社といって、アメリカの有名な会社ですよ」

ホワイト・メースン警部はびっくりした顔をして、ホームズを仰《あお》ぎ見た。それは小さな村の開業医が、悩《なや》みぬいていた難問を、一流の名医に一言で片づけられたとでもいった様子であった。

「いいことを教えていただきました。むろんそれにちがいありません。しかしおどろきましたなあ！　ホームズさんは世界じゅうの小銃製作所の名を、そらで記憶《きおく》していらっしゃるのですか？」

ホームズは手をちょっと振《ふ》っただけで、それには取りあおうともしなかった。

「してみると、むろんこれはアメリカ製の猟銃ですよ。アメリカのどこかでは、銃身を切りちぢめて凶器《きょうき》に使うということを、何かで読んだような気がします。製作所の名まえの問題はとにかくとして、私もなんだかそんな気がしましたよ。してみるとあの家へはいって、主人を殺したやつはアメリカ人だという証拠があがったわけですな」

「君、それはまったく速断ですよ」マクドナルド警部は首をふって、「誰かあの家へ忍《しの》びこんだという証拠は、まだ聞いていませんよ」

「証拠はありますよ、窓があいていたし、窓わくのうえに血がついていたし、妙な紙きれが落ちていたし、部屋のすみに足跡《あしあと》がのこっているし、鉄砲だってあります」

「そんなものは、いくらでも後でこしらえあげられることばかりです。ダグラスさんはアメリカ人です。そうでないまでも、ながくアメリカにいた人です。セシル・バーカーさんも同様です。なにもこのうえほかからアメリカ人を導入してまで、アメリカ的な環境《かんきょう》にあわせることはありませんよ」

「執事《しつじ》のエームズが……」

「あれはどんな人物です？　信頼《しんらい》できるのですか？」

「サー・チャールズ・チャンドスに十年もつかえてきました。岩のように堅《かた》い男です。ダグラスさんが五年まえに領主館《りょうしゅやかた》を手にいれたときから、ずっと働いています。あんな鉄砲《てっぽう》はあの家で一度も見たことがないといっています」

「あれは隠せるようにできています。そのために銃身を切りつめたのです。箱のなかにでもおさまります。あれをあの男が、そんなものは家のなかになかったと言いきるのは、どんなものですかね？」

「それにしても、見たことがないのは事実でしょう」

警視庁のマクドナルド警部はスコットランド人らしいがんこさで反対した。「それにしても、誰かが忍びこんだという点にはまだ納得《なっとく》できません。考えてもごろうじろ」と議論が熱して我をわすれると、ついアバディンなまりをまる出しにしていった。

「考えてもごろうじろ、その鉄砲がそとから持ちこんだもので、外部のものがはいりこんでそういうけしからんことをやったのだとすると、どういうことを意味すると思うんです？　いや君、そんなことは信じられませんよ。常識でわかっとる。ねえホームズさん、どっちが正しいか、これはあなたに判定をお願いしましょう、事情はさっきお聞きのとおりですが」

「そうですね。まず君の推定をうかがいましょう」ホームズはできるだけ公平にいった。

「かりに他殺だとしても、犯人は物盗《ものと》りが目的ではありませんね。指輪の問題や紙きれのおちていたことは、なにか私的な理由による、予謀《よぼう》のうえの殺害を思わすものがあります。

かりにそうとして、いまどこかの男が、殺害の目的でもってあの家へ忍びこんだとしましょう。まわりに堀《ほり》があるのだから、何といっても逃《に》げるのが容易でないことは、初めから承知しているでしょう。凶器はどんなものを選ぶか？　それには音のしないものが何よりよい。音をたてないように殺害したら、遅滞《ちたい》なく窓からぬけだして、堀をわたれば、もうしめたものです。

これなら話はわかります。ところがこともあろうに、音を聞いて家じゅうのものが大急ぎで駆けつけ、まだ堀をわたりきらないところを見られるにきまっていると知りながら、大きな音のする鉄砲なんか持ってゆくとは、どうしたって考えられんじゃありませんか！　これでどうです、ホームズさん？」

「うむ、こきおろしましたね」とホームズは考えこんで、「それはまだよほど立証を必要としましょう。ところでメースンさんにお尋《たず》ねしますが、堀を渡って水からあがったものがあるかどうか、向こう岸をすぐに調べてみましたか？」

「そんな跡はありませんでした。もっとも向こう岸は石を敷《し》きつめてありますから、もしあがった者があるとしても、そんなことはまずわかりますまい」

「足跡のようなものもなかったのですね？」

「ありません」

「うむ！　それではメースンさん、これから現場へご案内ねがえませんか？　なにか手掛りになるようなものでも残っているかもしれませんからね」

「いまご案内しますといおうと思っていたところです。でも行くまえに、一応事情をのみこんでいただくほうがよいと思いましてね。幸いにして何かお眼《め》にとまるとすれば……」ホワイト・メースンは疑わしそうな眼つきで、しろうと探偵《たんてい》を見やった。

「ホームズさんとは、いっしょに仕事したこともあるが、どうして、たいした手腕《しゅわん》ですよ」マクドナルド警部が力《りき》んだ。

「手腕というほどのこともありませんけれど」とホームズはにっこりして、「私のは正義をまもるため、警察みたいなことをやるのです。いま警察から離《はな》れてしまっているとしても、それは私のほうから離れたのじゃありません。私は警察を利用して手柄《てがら》をたてようとは、けっして思いません。それと同時に、私は自分の流儀《りゅうぎ》で捜査《そうさ》をすめ、自分の欲《ほっ》するときにその結果を明かすことの自由を確保しておきたいのです――完全なる自由をね」

「あなたのお出《い》でくださったのは、何と申しても光栄ですから、知っていることはすべてお知らせします」ホワイト・メースンは心をこめていった。「ワトスン先生もどうぞお出でください。そして時がきたら、われわれのこともお書きねがいたいものです」

私たちは、両がわに上を刈《か》りこんだニレの並木《なみき》のある古風な村をぬけて、歩いていった。しばらく行くと、風雨にさらされこけむしたふるい石柱が二本たっているのが向こうに見えた。そのいただきには、何やら得体《えたい》の知れないものがあるが、これこそその昔《むかし》のバールストンのカプスの館の、後脚《あとあし》で立ったライオンの名残《なご》りなのである。

その門をはいって、イギリスのいなかでなければ見られぬ芝生《しばふ》のなかにカシの木の立つなかを、弓なりの馬車道についてすこし歩いてゆくと、急にその道が曲って、低くて横にながいジェームズ一世時代風の汚《きた》ならしい赤れんがの建物が眼前にあらわれた。両がわにはイチイを刈りこんだ生け垣《いがき》のある古風な庭がみえる。近づくにつれて、木製の跳《は》ね橋や、冷たい冬の陽《ひ》ざしをうけて水面が水銀のように光る幅《はば》ひろく美しい堀がみえてきた。

三世紀もたつふるい領主館、そのあいだにはさだめしたくさんの子供が生まれ、いろんな人が帰郷したり、舞踏会《ぶとうかい》ににぎわい、きつね狩《が》りが催《もよお》されたりしたでもあろう。そのいわれある館のなかで、いまになって、このような悪事が行なわれるとは、何という不思議なめぐり合せだろう。とはいうものの、あの妙《みょう》に傾斜《けいしゃ》のつよい屋根や、古風に張りだした破風《はふ》などを見ていると、その下でなにか不吉《ふきつ》な、恐《おそ》ろしいたくらみでも行なわれるにふさわしい場所のようにも思われるのである。

とにかくふかい窓や、すそを水に洗われている鈍《にび》いろの正面を見ていると、こうした悲劇の舞台にこれほどふさわしい場所はないように、私には思われたのである。

「あの窓ですよ」ホワイト・メースンが説明した。「跳ね橋のすぐ右手に見える窓です。ゆうべのまま、開けたなりにしてあります」

「人が潜《くぐ》りぬけるにしては、ちと狭《せま》いように思われますね」

「そうですね。いずれあまりふとった男ではなかったのでしょう。その点はホームズさんのご注意をうけるまでもなく、私も気がついていました。しかしあなたや私くらいの男なら、潜れますね」

ホームズは堀のはたへ行って、あたりを見わたした。それから石がきや、それにつづく草地などをあらためた。

「そこは私がよく調べました」ホワイト・メースンがいった。「なんにもありゃしません。誰もそのへんからはいあがった様子はないです。それはそうでしょう、そんな跡をのこすはずがありませんやね」

「まったくです。そんなはずはありません。この堀はいつもこんなに濁《にご》っているのですか？」

「だいたいこんな色です。流れこむ小川が粘土《ねんど》をもちこむのですね」

「深いですか？」

「両がわは二フィートくらいですが、中央は三フィートあります」

「それではこれを渡ってもおぼれ死ぬような心配はないわけですね？」

「ありません。子供だって死にゃしませんよ」

一同跳ね橋をわたってゆくと、乾《ひ》からびたような節くれだった妙な男——執事のエームズが出迎えた。はげしいショックで青い顔をして、こまかく震《ふる》えている。悲劇の現場にはいってみると、陰気《いんき》でかた苦しく、背のたかい村のウイルスン部長が、まだ見張りをしていた。ウッド医師の姿だけはもう見えなかった。

「ウイルスン君、あれから何かあったかい?」ホワイト・メースンが声をかけた。

「何もございませんです」

「じゃ君はもう帰ってよろしい。ご苦労でしたな。用ができたら呼びにやるから、ゆっくり休んでくれたまえ。執事は部屋のそとで待たせておいてください。いや、そのまえに、バーカーさんと奥《おく》さんと家政婦に、あとでここへ来てもらいたいから、執事にそのことを伝えさせてください。さて皆《みな》さん、それではまず私から見解を述べることにいたしますから、そのあとで、皆さんのご意見をうかがわせてください」

このいなか警部には感心させられた。堅実《けんじつ》に事実をつかみとり、冷徹《れいてつ》な常識を備えているから、警察界にあっても相当の成功をおさめるにちがいない。ホームズはこうした場合しばしば示すじれったそうな様子も見せずに、じっと耳を傾けていた。

「これは自殺か他殺か――まず第一の問題はこれだと思います。自殺だとすれば、この男はまず自分で結婚《けっこん》指輪をぬいてどこかへ隠《かく》し、それからガウンのままでこの部屋へ降りてきて、カーテンのうしろへどろ靴のあとをつけ、さも誰かが待ち伏《ぶ》せでもしたような様子をつくったり、窓をあけて血のあとをつけたりしたものと考えなければなりませんが……」

「そんなことは問題になりますまい」マクドナルド警部がいった。

「そうです。自殺説は問題にならないと思います。してみるとこれは他殺です。他殺とすれば、犯人は内部のものか外部のものかをまず決めなければなりません」

「では君の主張を聞こうじゃありませんか」

「それを決めるのはなかなかむずかしい問題ですが、いずれか一方でなければなりません。まず第一に、犯人は内部にありと仮定してみましょう。犯人は家のなかが静まりこそしたが、まだ誰も眠《ねむ》ってはいない時刻を選んで、被害者《ひがいしゃ》をここへ呼び入れました。それから世にも妙な、家じゅうのものがはっとするような、途方《とほう》もない音のする凶器をもって、殺害をとげました。これまで家のなかで見かけたことのない凶器でもあったわけです。こんなことが行なわれそうだとはおよそ考えられません」

「そうですとも」

「しかし銃声が聞こえてから、たかだか一分で、家じゅうのものが駆けつけたのです。バーカーさんは自分がまっさきに駆けつけたといっていますが、なにもあの人ばかりじゃありません。エームズもそのほかのものも、みんな駆けつけたのです。その短時間内に、犯人はカーテンのうしろに足跡をつけたり、窓をあけたり、そこに血のあとをつけたり、死体の指輪をぬいたり、そのほかいろんなことができたでしょうか？　そんなことは不可能です！」

「論旨《ろんし》は明らかですね。私も同感ですよ」ホームズがいった。

「そこで問題は振りだしへもどって、これは外部のもののやったことということになります。この仮定にも大きな困難はありますけれど、もはや不可能とはいえなくなりました。犯人は四時半から六時までのあいだ、すなわちうす暗くなってから、跳ね橋のあげられるまでのあいだに、まぎれこみました。そのころこの家にはお客があったので、ドアが開けはなしになっていたから、はいるのは造作なかったのです。

犯人は通常の夜盗《やとう》かもしれず、あるいはダグラスに私恨《しこん》のあるものかもしれません。ダグラスは生涯《しょうがい》の大半をアメリカで過ごした男で、この散弾銃がアメリカ製らしいところからみて、恨《うら》み説のほうがほんとうらしいようです。

はいってきて、手近なこの部屋へすべりこんで、カーテンのうしろに身をかくす。そして十一時までそこに潜《ひそ》んでいると、そこへダグラスがはいってきました。二人は顔をあわせて話をしたとしても、おそらく二こと三こと話しただけでしょう。良人《おっと》の姿が見えなくなってから、銃声のするまではほんの二、三分だったと夫人がいっていますからね」

「ろうそくを見てもそれはわかります」ホームズがいった。

「そうです。新しいろうそくなのに、まだ一インチも燃えていませんからね。むろんテーブルのうえにおいてから、射《う》たれたのです。さもなければ、ろうそくは下におちているはずです。ということは、この部屋へはいってきたとたんに射たれたのじゃないのを示すものです。バーカーさんが来て、ランプをつけてろうそくは消したのです」

「それは明らかですね」

「そこで犯行の手順を再現してみると、こういうふうになります。まずダグラスさんがこの部屋へはいってくる。ろうそくをテーブルのうえにおく。犯人がカーテンのうしろから現われる。この銃を手にしています。そしてダグラスさんにたいして、結婚指輪をよこせといいます。理由については、何もわかっていませんけれど、たしかにそうだと思うのです。

ダグラスさんは指輪をわたしました。すると犯人はだしぬけにか、つかみあううちやったか――絨毯《じゅうたん》のうえにあった金づちは、このときダグラスさんが手にしたものでしょうが――こんな恐ろしい殺しかたをしました。

それから鉄砲をすてておいて、これもなんのことかわからないけれどV. V. 341と書いたこの妙な紙きれを落としたまま、窓からぬけだして、堀をわたって逃げた。そこへセシル・バーカーさんが駆《か》けつけたという順序です。どうでしょう、ホームズさん、これで？」

「たいへんおもしろいけれど、すこし納得のゆかないところもありますね」

「君、そんなことはまったくナンセンスですよ。といって、ほかにうまい説明があってわけでもありませんがね」マクドナルド警部がやりこめた。「誰がやるにしても、もっとほかの方法で殺したはずだということは、容易に立証してみせますよ。逃げ道をみずから断《た》つような殺しかたをするとは、正気のさたとは思われません。こっそりやってこそ、逃げられもするというものですからね。ねえホームズさん、ホワイト・メースン君の説では納得がゆかないとおっしゃるのですから、こんどはあなたの説明を聞かせてくださる番ですよ」

このながい議論のあいだ、ホームズはするどい眼を左右にくばりながら、額《ひたい》に八の字をよせて、一語も聞きもらすまいと、一心に耳を傾《かたむ》けていた。

「私は意見などいうまえに、確かめておきたいことが二、三ありますよ、マクドナルド君」と彼《かれ》は死体のそばへひざまずいて、「おやおや、これはひどい傷だ。ちょっと執事を呼び入れたいのですが……おお、エームズさん、君はこの不思議なマーク——ダグラスさんの前腕《まえうで》にある丸のなかに三角の焼印をたびたび見たことがあるのだったね？」

「はい、何度もございます」

「君はこの焼印の意味をきいたことはないというのだね？」

「はい」

「これを捺《お》したときは、よほど痛かったろう。何しろ火傷《やけど》なんだからね。ところでダグラスさんはあごのさきに小さなばんそうこうをはっているが、これは生前からあったのかしら？」

「はい、昨日の朝ひげそりのときお怪我《けが》をなさいましたので」

「そんなことは前にもあったの？」

「いいえ、お久しぶりでございました」

「ふむ、参考になるな。むろん単なる偶然《ぐうぜん》の暗合かもしれないけれど、身に危険がせまっているらしいと知って、気が転倒《てんとう》していたことを示すものかもしれない。きのうダグラスさんは、どこか様子のかわったところが見えなかったかしら？」

「すこし興奮なすって、そわそわしていらっしゃいました」

「ふむ、こんどのことも、本人にはかならずしも意外ではなかったのかもしれないな。これで少し目鼻がついてきたじゃありませんか。どうですマクドナルド君、なにか尋ねてみたいことがあるでしょう?」

「いえ、私は。上手な人におまかせしときますよ」

「ではつぎにこの紙片にうつりましょう。V. V. 341――これは粗《あら》い厚紙です。これと同質の紙がこの家にありますか?」

「いいえ、ございませんようです」

ホームズはテーブルのそばへ歩みよって、おのおののインキつぼから、吸取紙のうえに少しずつたらしてみた。

「この部屋で書いたものではありませんね。このインキは黒ですが、書いてあるのは紫《むらさき》がかったインキです。そしてさきの太いペンで書いてあるが、ここにあるのはみんなさきの細いペンばかりです。これはやっぱり、どこかほかで書いたものですね。エームズさん、この記号はなんだと思います?」

「さあ、さっぱりわかりませんです」

「マクドナルド君はどう思います?」

「秘密結社かなにかじゃないかという気がしますね。前腕の記号をみても、そんな気がしますよ」

「同感です」ホワイト・メースンがいった。

「ではさしあたりこの仮説にもとづいて考えをすすめ、どこまで困難が解消するか、ためしてみましょう。そうした結社から派遣《はけん》された一員がこの家に忍《しの》びこんで、ダグラスさんの来るのを待ちかまえ、この銃《じゅう》で顔を射ってほとんど首のおちるほどの傷をおわせ、この紙を死体のそばにのこして堀《ほり》をわたって逃《に》げたとします。この紙のことがあとで新聞に出れば、それによって社員たちは復讐《ふくしゅう》の成功したことを知るというものです。ここまではつじつまがあいますが、こともあろうに何だってこんな凶器《きょうき》を用いたのでしょう?」

「まったくですよ」

「また、指輪はなぜなくなっているのでしょう?」

「それですよ」

「しかもまだ捕《とら》われない。もう二時すぎです。半径四十マイル以内の巡査《じゅんさ》という巡査が、けさがたから、ぬれねずみになった男を血眼《ちまなこ》でさがしているにちがいないと思うのですがねえ」

「そうですとも」

「近くに隠れるところがあるか、でなければ着がえの用意でもないかぎり、見おとすはずはないのです。それだのにいまもって見あたらない」ホームズは窓のところへいって、レンズを出して血のあとをしらべていたが、「たしかに靴底のあとです。いちじるしく幅のひろい靴です。こんなのを平足《ひらあし》とかいっているようですね。それにしても不思議ですよ、カーテンのうしろのあたりはどろだらけだが、このなかから足跡《あしあと》を見つけたとしても、そいつはもっと形のいい靴のあとだったでしょうからね。でもいまはきわめて不明瞭《ふめいりょう》になっています。あのサイド・テーブルの下にあるものは、あれはなんです？」

「旦那《だんな》さまの鉄亜鈴《ダンベル》でございます」

「うむ、一つしかないね。もう一つはどこにあります？」

「存じませんです。初めからこれ一つだけなのかもしれません。久しいまえから、いっこうに気がつきませんでした」

「うむ、片っぽうしかない鉄亜鈴ね……」ホームズがむずかしい顔をしていいかけたとき、するどくドアをノックして、背のたかい、陽にやけたひげのない顔の利口そうな男がはいってきて、私たちを見まわした。それがセシル・バーカーであることは、かねて彼についてきいていたのですぐわかった。

「ご相談中をお妨《さまた》げしますが、早くお知らせすべきと思いましてね」

「捕《つか》まりましたか？」

「いえ、それだといいのですが、じつは犯人の自転車が見つかったのです。犯人がおいて逃げたのですね。まあ来て見てください。玄関《げんかん》から百ヤードとはありません」

行ってみると、馬丁風《ばていふう》の男だの二、三のやじ馬が、馬車道に集まって、常磐木《ときわぎ》の藪《やぶ》に隠してあったのを引きずりだした自転車を見物していた。かなり使いふるしたラッジ・ホイットワース製で、遠くから来たものとみえて、だいぶ汚《よご》れていた。スパナや油差しのはいった道具入れがついているが、持主を知るべき手掛《てがか》りは一つもない。

「これに番号や鑑札《かんさつ》がついていると、警察は大助かりなんですがね」マクドナルド警部がいった。「でもこいつが手にはいったのは感謝しなければなりません。どこへ逃げたかはわからないまでも、どこから来たかだけはわかりそうですからね。それにしても、なんだってやつはこれをおいて逃げたのでしょう？　こいつがなくて、どうやって逃げたのでしょう？　これはどうも、事件ぜんたいがさっぱり見当もつきませんねえ、ホームズさん？」

「そうですかねえ？」ホームズは考えこんでいった。「そうでしょうかねえ」

第五章　事件中の人物

「書斎《しょさい》の調べはもういいのですか？」一同家のなかへとって返したとき、ホワイト・メースンがいった。

「さしあたりはね」マクドナルド警部が答え、ホームズもうなずいて同意を示した。「ではこんどは家族の尋問《じんもん》をおやりになりますか？　ふむ、それでは食堂を使うからね、エームズ君。そして君からまず、知っているだけのことを話してくれたまえ」

執事《しつじ》の弁明は簡単明快だったし、うそはないものと思われた。——五年まえに、ダグラスがこの家に落ちついたときから雇《やと》われているのだが、主人はアメリカで財産をこしらえた金持で、思いやりのある人だった。もっとも今までに仕えた人にくらべたら、落ちるかもしれないが、不足をいえばきりのないものだろう。主人が不安を抱《いだ》いている様子は、すこしもなかった。それどころか、これほどものを恐《おそ》れぬ剛胆《ごうたん》な人は見たことがない。跳《は》ね橋を毎晩あげるのだって、旧家にのこる習慣だから、そうさせたまでの話で、いったいがそういう古い仕きたりを守るのが好きな人だった。

主人はロンドンゆきはもとより、ほとんどこの村を留守にすることはなかったが、殺される前の日には、タンブリッジ・ウエルズまで買いものに出かけた。その日の主人は、いつになく気みじかで怒《おこ》りっぽかったから、何かに興奮していたのだと思う。

当夜は自分はまだ寝室《しんしつ》へさがらず、うら手にある食器室で銀の食器類の整理をしていたところ、ふいにベルがはげしく鳴るのを聞いた。銃声は聞こえなかったが、食堂や食器室はずっと奥《おく》になっていて、あの部屋とのあいだはいくつものドアやながい廊《ろう》下《か》で隔《へだ》てられているのだから、聞こえなかったのも当然だと思う。

ベルを聞きつけて家政婦が自室から出てきたので、いっしょに表のほうへ出ていった。階段の下までくると、ちょうど夫人が降りてくるところで、いいえ、夫人はとくに急いではいなかった。また、とくに大騒《おおさわ》ぎしている様子も自分には見えなかった。夫人が階段を降りきったところへ、バーカーさんが書斎からとびだしてきて夫人をおしとめ、部屋へ帰っていてくれと頼《たの》んだ。

「お願いですから、お部屋へ帰ってください。ジャックは死んでいます。もう手のほどこしようがありません。あなたはどうぞお部屋へ」

階段の下でいろいろと説得されて、夫人は帰っていった。良人が死んだと聞いても、彼女《かのじょ》は声をたてるようなことはしなかった。家政婦のアレン夫人が夫人につきそってゆき、夫人の寝室につききりでいた。

自分とバーカーさんとは、そこで、書斎へはいっていった。そのときの情況《じょうきょう》は、あとでウイルスン部長がきたときと少しも違《ちが》いはなかった。ろうそくはついていなくて、ランプがともされていた。二人で窓からそとをのぞいてみたが、そとはまっ暗で、何も見えず、また何も聞こえはしなかった。二人はいそいでホールへ出た。そして自分で巻揚機《まきあげき》をまわして橋をおろすと、バーカーさんは村の警察へと駆けつけたのである。

執事の証言の骨子は以上のとおりである。

家政婦アレン夫人の弁明も、供述のかぎりでは、エームズのいうところを裏がきするだけのことだった。彼女の部屋は、表よりにあるのだから、エームズの働いていた食器室よりも、むしろ表がわのほうへ近かった。寝《ね》る支度《したく》をしているところへ、はげしいベルの音が聞こえたのだった。もともと耳がすこし遠いので、銃声を聞かなかったのだろうが、それにしても書斎までは遠くもある。

そのほか彼女は何かの物音を聞いたが、ドアのぱたんと閉まる音だろうと思った。もっともこれはずっと前――ベルの鳴ったのより三十分くらいは前のことだった。出てみるとエームズが表のほうへ走ってゆくので、彼女もついていった。するとバーカーがひどく青い顔をして、興奮した様子で書斎からとびだすのを見た。彼は階段をおりてくる夫人をおしとめた。そしてひき返してくれと頼むと、夫人は何かいったが、聞きとれなかった。

「お部屋へおつれして、そばについていてあげなさい」バーカーにいわれた。

そこで彼女は夫人を二階の寝室へつれていって、しきりに慰《なぐさ》めた。夫人はひどく興奮して、からだじゅう震《ふる》えていたが、階下へ降りるとはいわなかった。ガウンにくるまって、暖炉《だんろ》のそばにおとなしく腰《こし》をおろし、両手に顔をうずめていた。自分はその晩ほとんどひと晩じゅう夫人のそばについていた。

ほかの召使《めしつか》いたちは寝たあとだったので、巡査のくるちょっと前まで何も知らないでいた。何しろ寝室がいちばん裏手にあるから、おそらく何も聞こえなかったことと思う。

家政婦の知っていることはこれだけで、反対尋問のときも、驚《おどろ》いたり気の毒がったりするのを除《の》けたら、なにも付言することはできなかった。

家政婦のつぎにはセシル・バーカーが証言した。前夜のできごとについては、すでに警官に話したこと以上には、ほとんど付加すべきものもなかった。彼個人としては、犯人は窓から逃げたものと思うともいった。その点、血のあとのあるのが決定的だという意見だった。

なおまた、橋があがっていたのだから、窓をおいてほかに逃げ道はないはずである。どこへどういうふうに逃げたものか、さっぱりわからないし、また自転車も、犯人のものとすれば、なぜおいていったのか、理解に苦しむ。堀は、どの部分も三フィートより深くはないのだから、おぼれ死ぬようなことはあるまい。

彼個人の胸中では、このダグラス殺しにはきわめて明快な意見をもっていた。ダグラスはごく無口な男だが、なかでも前歴のうちある時代のことは、ぜったいに口外しなかった。ごく若いころ、アイルランドから移民としてアメリカへ行き、なかなかの成功をおさめた。

バーカーが初めて彼を知ったのはカリフォルニアで、二人は共同してベニト・キャニヨンというところに鉱区を経営し、大いに当てた。事業はうまくいっていたのに、なぜかダグラスは権利を売って、急ぎイギリスへ帰っていった。当時すでに妻を失って、独身だった。

バーカーものちに財産を金にかえて、イギリスへ帰ってロンドンで暮《く》らすようになった。そこで二人は旧交をあたためることになったわけだが、ダグラスはずっと何かの危険にさらされているような印象をうけた。だから自分としては、彼があんなにとつぜんカリフォルニアを去ったのも、帰ってきながらこんな寂《さび》しい土地に家を求めたのも、この危険と何かの関連があるのだろうと、いつも考えていた。

思うに、何かの秘密組織とか、執念《しゅうねん》ぶかい団体とかがダグラスをねらって、殺してしまうまでは追及の手を緩《ゆる》めなかったのではないだろうか。ダグラスは相手がなんという組織だとも、どんなことからそれを怒らせたのだとも、けっして口外しはしなかったが、その口うらから何となくそんなふうに思われた。死体のそばに落ちていた厚紙の札に書いてあった妙《みょう》な文字が、そういう秘密組織と何か関係があるのじゃなかろうか。

「カリフォルニアではどのくらいダグラスといっしょに仕事していたのですか?」マクドナルド警部がたずねた。

「ぜんぶで五年間です」

「当時ダグラスは独身だったといいましたね?」

「細君に先だたれたのです」

「先妻はどこの人だったか、聞いたことがありますか?」

「いいえ、ただスエーデン系だとは聞いたように思います。写真を見たことがありますが、たいへん美しい人でした。私のダグラス君と知りあう前年、チフスで死んだのです」

「ダグラスはカリフォルニアへ来るまえに、アメリカのどこにいたというようなことを、なにかご存じですか？」

「シカゴの話をきいたことがあります。あの町のことはよく知っていました。あそこで働いていたことがあるのです。それから石炭や鉄鉱地帯の話もしていました。一人の時代には、ずいぶんあちこち歩きまわったらしいです」

「政治に関係したことがありますか？　あなたのいう秘密組織とかは、政治関係のものでしょうか？」

「いいえ、政治には無関心でした」

「犯罪と関係ありとお考えになる理由はないのでしょうね？」

「ないどころか、こんなまっ正直な男は見たことがありません」

「カリフォルニア時代の日常に、なにか変ったところはなかったですか？」

「山の鉱区に閉じこもって働くのが何より好きで、できることなら、他人のいるところへは、行きたがらないというふうでした。それで私は、誰《だれ》かにねらわれているのじゃないかと、初めて気がついたのです。そうするうちに、あんなにだしぬけにヨーロッパへ引きあげていったものですから、やっぱりそうだったかと思いました。あのときは何か予告をうけたものにちがいないです。出発してから一週間とたたないうちに、

五、六人でダグラス君のことを尋《たず》ねにきた男がありました」
「どんな種類の男ですか？」

「そうですね、おそろしく荒《あら》っぽそうな連中でした。鉱区へやってきて、ダグラスはどこにいると尋《き》きますから、ヨーロッパへ帰っていったが、いまどこにいるか知らないと答えておきました。ダグラス君をどうするつもりか、悪意を抱いてやってきたことだけは、明らかに見てとれました」

「みんなアメリカ人ですか、カリフォルニアの？」

「さあ、カリフォルニア人はどこが違うか知りませんけれど、アメリカ人はアメリカ人でした。もっとも鉱山夫じゃありません。といって何をする連中だかわかりませんでしたが、とにかく帰ってくれたのでほっとしました」

「それが六年前のことですね？」

「七年ちかくなりましょう」

「あなたがたはカリフォルニアで五年間いっしょに働いたのだというから、問題のおこりは少なくとも今から十一年以上昔《むかし》のことですね？」

「そうなります」

「そんなに長い年月忘れもしないでいたところをみると、よくよく根づよい敵意にちがいない。そんな事態を生ずるには、よほどのことがあったのでしょうね」

「それがため生涯《しょうがい》不安につきまとわれていたのだと思います。一日だって心の休まるときはなかったでしょう」

「それにしてもわが身に危険が迫《せま》っていて、しかもその危険の性質までわかっているくらいなら、警察の保護を仰《あお》いだらよさそうなものだとは思いませんか？」

「危険の性質が、予防法のないようなものだったのでしょう。ぜひ知っておいていただきたいことですが、ダグラス君はけっして武器を手ばなしたことがありません。ポケットにはいつでもピストルを忍《しの》ばせていました。それが不運にも、ゆうべはガウンを着ていたので、ピストルは寝室へおいたなりだったのです。橋をあげてしまえば、もう安心と思っていたのでしょうね」

「日どりの点を、もうちょっと細かくうかがいたいのですが」マクドナルド警部が割りこんだ。「ダグラスさんがカリフォルニアを去ったのはほぼ六年まえで、その翌年あなたが帰ってきたのでしたね？」

「そのとおりです」

「そしてダグラスさんは五年まえに再婚《さいこん》した。するとあなたの帰ってきたころのことですね？」

「私が帰ってから一月ほどして結婚したのです。式のときは私がダグラス君の付添人《つきそいにん》をつとめました」

「ダグラス夫人を結婚まえからあなたは知っていたのですか？」

「いいえ。私は十年ぶりでイギリスへ帰ってきた身ですから」

「でも結婚後はたびたびお会いになっていたわけですね？」

バーカーは険《けわ》しい眼《め》つきで警部を見た。

「ダグラス君には、しょっちゅう会っていました。夫人に会ったろうとおっしゃるけれど、友人をたびたび訪問すれば、そこの家の主婦をまったく知らないでいるというわけにはゆきません。それをしも何かこじつけてお考えになるというのは……」

「何もこじつけはしません。私としては事件に関係があるかもしれない点は、もれなくお尋ねしなければならないのです。気になさらないでください」

「質問もことによりけりです」バーカーは腹立たしそうだった。

「私どもの求めるのは事実だけです。事実を明らかにするのは、あなたばかりでなく、万人の利益です。ダグラスさんは、あなたと夫人との交友を完全に承認《しょうにん》していたのですか？」

バーカーはさっと青くなって、大きな強い両手をぎゅっと発作的《ほっさてき》に握《にぎ》りあわせた。

「そんなことを尋ねる権利はありません！　それがあなたの調べていることとどう関係があるというのです？」

「質問にお答えください」

「そんなこと、お断りします」

「答えたくなければ、それでもよいですが、拒絶《きょぜつ》するということが、一つの答えになることはおわかりでしょうね？　なにか隠《かく》していればこそ、拒絶なさるのでしょうからね」

バーカーはむずかしい顔をして、まっ黒な太いまゆをひそめて立ったままじっと考えていたが、にっこりして顔をあげた。

「そうですね。あなたがたとしては、はっきりした職務を遂行《すいこう》しているにすぎないのだから、私がそれを邪魔《じゃま》だてする権利はないわけでしょう。でも、そうでなくてさえ夫人は胸をいためているのですから、あんまり煩《わずら》わさないでいただきたいものです。じつはね、ダグラス君には一つだけ悪い癖《くせ》がありました。しっとぶかいことです。彼《かれ》は私が好きだったのです。あんなに友だちの好きな男ってあるでしょうか。しかも細君を熱愛していました。彼は私がここへ来ると大喜びで、ひっきりなしに遊びにこいこいといってよこします。そのくせ私が細君と親しい口をきいたり、話が合う様子でも見ると、むらむらとしっとがおこるとみえ、常軌《じょうき》を逸《いっ》してしまって、とてもひどいことを口走ったりします。

ですから私は、もうこんな家へなんか来るものかと、何度心に誓《ちか》ったかわかりませんが、するとそのたびにダグラス君は、とても後悔《こうかい》した手紙をよこして、ぜひ来てくれと哀願《あいがん》するものですから、ついいやともいえなくなるのでした。

しかしはっきりいいますが、どうかこれだけは信じてください。ここの夫人くらい良人《おっと》を愛し、貞節《ていせつ》な人はありません。また私ほど友人として誠実なものはなかったのです」

うそとも思えないほど熱のある話しぶりだったが、マクドナルド警部はまだ満足しなかった。

「死体から結婚指輪がぬきとられているのは知っているでしょうね？」

「そうらしいですね」

「らしいとはどういう意味です？　それが事実なのは知っているはずでしょう？」

バーカーはとまどったらしく、もじもじしていた。

「らしいというのは、ダグラス君が自分で抜《ぬ》いたかとも考えられるからです」

「抜いたのが誰であろうとも、指輪がなくなっているという事実だけをとりあげてみれば、誰でもいちばんに、殺されたのはこの結婚になにか関係があるのだなと、気がつきはしないでしょうか？」

バーカーは広い肩《かた》をすくめて、

「何に気がつくか、そんなことは知りませんけれど、いまのお言葉が、それによってなにか夫人の貞節も疑わしくなるという意味でしたら」といってバーカーははげしい眼つきをしたが、けんめいに己《おの》れを制して続けた。「そう、それは見当ちがいだというだけです」

「いまのところ、お尋ねすることはこれだけです」マクドナルド警部は冷静にいってのけた。

「ちょっとつまらない事をお尋ねしますがね」ホームズが口をだした。「あなたが書《しょ》斎《さい》へはいっていったときは、テーブルのうえにろうそくがつけてあるだけだったのでしたね？」

「そうです」

「そのあかりで、たいへんなことが起こったと知ったわけですね？」

「そのとおりです」

「そこですぐにベルを鳴らして人を呼んだ」

「ええ」

「すぐみんなが来たのですね？」

「一分かそこいらで来てくれました」

「それなのにみんなは、行ってみたらろうそくは消して、ランプがつけてあったといっています。これはきわめて注目すべきことのようですね」

バーカーはまたもやもじもじしていたが、ちょっと間《ま》をおいて、

「べつに何でもないことだと思いますよ。ろうそくでは薄暗《うすぐら》いですから、もっと明るいものはないかと思ったら、テーブルのうえにランプがありましたから、それをともしたのです」

「そしてろうそくは吹《ふ》きけしたのですね？」

「そうです」

ホームズはほかのことは尋ねなかった。バーカーは私たちをわざとらしく見まわしてから――それが私には妙に反抗的《はんこうてき》にみえたが――立ちさった。

マクドナルド警部はダグラス夫人に、自分だけでその私室へうかがいたいという意味を認《したた》めて届けさせた。すると折りかえし、こちらから食堂へ出てみんなに会うという返事があった。

食堂へ降りてきた夫人は、三十くらいの背のたかい美人で、ひどく控《ひか》えめに落ちついた人がらは、さぞとり乱しているだろうと思った私の予想とはまるで違《ちが》っていた。大きなショックだっただけに、顔こそ青ざめ、しかめているけれど、態度は自若《じじゃく》として、テーブルのはじにおいた美しい手なんか、私のとおなじくらいしっかりしたものだった。

彼女《かのじょ》の悲しげな訴《うった》えるような眼つきには、私たちを一人一人見まわすとき、妙に好《こう》奇心《きしん》にみちた表情があった。

「何かおわかりになりまして？」

とまずきいた彼女の口ぶりには、希望への期待ではなくて、一種の不安が感じられたように思うが、これは私の誤りであろうか？

「いまあらゆる手段をつくして調べています。けっして遺漏《いろう》はありませんから、その点はどうかご安心ください」マクドナルド警部がいった。

「費用は惜《お》しみません。どうぞできますだけ手をつくしていただきとうございます」

平坦《へいたん》な、沈《しず》んだ調子だった。

「奥《おく》さまにうかがったら、何か参考になることもあろうかと思いましてね」

「さあ、どうでございましょう。でも知っていますことは、何でも申しあげます」

「セシル・バーカーさんのお話ですが、あなたは一度もごらんになっていない――あの部屋にはまだおはいりにならないのだそうですね？」

「階段を降りてゆきましたら、バーカーさんに止められました。二階へ帰っていてくれとおっしゃるのでございます」

「そうですってね。やっぱり銃声《じゅうせい》をきいて、すぐに降りていらしたのですか？」

「はい、ガウンだけ羽織りまして、降りて参りました」

「銃声をきいてから、階段の下でバーカーさんに止められるまでに、どのくらい間がありましたか？」

「二分くらいでございましょうか。場合が場合でございますから、時間なぞあまりはっきりいたしませんです。降りてこないでくれって、拝むようにおっしゃいます。私がゆきましても、もう手がつけられないからって……そこへ家政婦のアレン夫人が参りまして、私を二階へつれて帰ってくれました。今から思いますと、おそろしい夢《ゆめ》のような気がいたします」

「ダグラスさんが階下へおりてから銃声のきこえるまでに、どれくらい時間がありましたか、おわかりですか？」

「それはわかりかねます。良人は化粧室《けしょうしつ》にいまして、私の知らぬまにそこから降りてゆきましたのです。火事をたいそう恐《おそ》れまして、毎晩かならず家のなかを見てまわりました。火事のことだけは心配だったのでございますね」

「その点をいまお尋ねしようと思ったところでした。奥さんはダグラスさんのイギリス時代だけしかご存知ないのでしたね？」

「はい、五年まえに結婚しましたばかりでございますから」

「ダグラスさんはアメリカ時代のことを――ことにそのため今でも一身の危険を感じるようなでき事かなにか、お話しになったことがありますか？」

夫人はしばらく本気になって考えこんでいた。「はい、いつも何かの危険を感じているらしじゅうございました。でもそのことにつきましては、私と話しあうのをいやがりました。私を信じないためではなく――二人のあいだは完全に愛と信頼《しんらい》でむすばれていましたのですから――ただ私がおどろくと思って、知らせたがらなかったのでございます。私が知りますと、くよくよと気をもむと思って、それで黙《だま》っていましたのです」

「ダグラスさんから聞かないで、どうして奥さんは知ったのですか？」

夫人はにこっとしていった。「何かの秘密をもちながら、一生それを妻に隠しておける人がございましょうか？　その人を愛している妻にしましても、いつまでも気づかないでいるものでございましょうか？　いろんなことから私にはそれがわかりました。アメリカ時代の話をしていましても、ある部分にくると口をつぐんでしまうので知りました。ある種の用心をしていましたのでもわかりましたし、話のうちに急に声をおとしてしまうのでもわかりました。また、ふいに訪ねてきた未知の人を見る眼つきからも、これは有力な敵をもっていて、良人はたえずつけねらわれてるものと信じ、つねに用心しているのだということは、はっきりとわかりました。それですから数年来、良人が外出しまして、帰るはずの時刻までに帰って参りませんと、心配で心配でなりませんでした」

「ちょっとお尋《たず》ねしますが、あなたの注意をひいたダグラスさんのお言葉とは、どんなものですか？」ホームズが質問をはさんだ。

「〝恐怖《きょうふ》の谷〟と申す言葉でございます。私がたずねますと、良人はいつも申したものでございます。『私は〝恐怖の谷〟にいたことがある。まだそこから抜けきっていないのだ』とこうでございます。『私たちいつまでも〝恐怖の谷〟からは出られないのでしょうか？』いつになく心配そうな顔をしていますから、こうたずねてみますと、『どうかすると、一生だめかなと思うことがあるよ』と申しました」

「〝恐怖の谷〟とはなんのことだか、尋《き》いてごらんになったでしょうね？」

「はい。でも良人はたいそう沈んだ顔をして頭を振《ふ》りながら、『私たちのうちに、あそこにいたことのある者がいるとはねえ。お前の身に何ごともないように、神さまにお祈《いの》りしよう』と申しました。〝谷〟はやはり現実の谷で、良人はそこにいたことがあるばかりか、そこで何かよほど恐ろしい目にあったのだと存じます。それだけははっきり申しあげられますけれど、それ以上のことはわかりかねます」

「誰か人の名を口にされた事はないですか？」

「ございます。三年まえに猟《りょう》でまちがいがありまして、高熱を出したことがございますが、そのときの譫言《うわごと》に、たびたびある人の名を申したのを覚えております。怒《おこ》ったように、恐ろしそうにマギンティという人の名を口にいたしました――マギンティ支部長と申しまして。

熱がさがりましてから、マギンティ支部長とは誰《だれ》のことですか、なんの支部長なのですかと尋ねてみますと、笑いながら、『私はそんな支部長に関係はないよ、ありがたいことにね』と申しただけで、あとは何も説明してくれませんでした。でもマギンティ支部長と〝恐怖の谷〟には何か関係があるのだと存じます」

「もう一つお尋ねしますが」とマクドナルド警部がかわっていった。「奥さんはダグラスさんがロンドンの下宿にいるとき知りあって、婚約《こんやく》ができたのでしたね？　その結婚にはロマンスのようなもの——何かの秘密とか不思議とかがありましたか？」

「ロマンスはございました。結婚にロマンスはつきものです。でも秘密なんかはございませんでした」

「ダグラスさんにとって競争相手なんかは？」

「ございませんでした。私はほんとに一人ぼっちでございました」

「ダグラスさんの結婚指輪のなくなっていることは聞いたでしょうね？　この点になにかお心あたりはありませんか？　かりにダグラスさんのふるい敵が、いどころを探しあてて、こんなことをやったのだとしても、そいつが結婚指輪を抜きとってゆくとは、いったいどうしたことなのでしょう？」

ほんのわずかだけれど、私はこのとき夫人の口もとにかすかな微笑《びしょう》のただようのを見たような気がする。

「それはほんとに私にはわかりかねます。意外と申しますか、こんな思いもよらぬ不思議なことはございません」

「いや、ご苦労さまでした。お取りこみのなかをお手数かけたことを、深くおわびいたします。まだおうかがいしたいことが出てくると思いますが、それはその都度またお願いすればよいでしょう」マクドナルド警部がいった。

夫人は立ちあがった。そしてはいってきたときと同じように、すばやく私たちを見まわした。口にこそ出さないけれど、「私の証言からこの人たちはどんな印象をうけたかしら？」と自問しているように思われた。それから彼女は一礼して、しずかに食堂を出ていった。

「美人ですね——すこぶるつきの美人だ」マクドナルド警部は、彼女が出ていってドアを閉めると、小首をかしげながらいった。「バーカーという男はしげしげとこの家へ出入りしていた。これも女から騒《さわ》がれそうな男だ。現にダグラスが嫉《や》いていたと自《じ》認《にん》しているが、なぜ嫉かれたかは、バーカー自身が誰よりもよく知っているかもしれんて。それにあの結婚指輪のことがある。こいつは見のがしにできないな。死体から指輪をぬきとった男は……ホームズさん、あなたはあれをどうお思いですね？」

シャーロック・ホームズは両手で頭を支えてじっと黙想《もくそう》にふけっていたが、このときつと立って、ベルを鳴らし、はいってきたエームズにたずねた。

「あ、エームズさん、セシル・バーカーさんはいまどこにいらっしゃる？」

「見てまいりましょう」

執事《しつじ》は出ていったと思ったら、すぐに帰ってきて、バーカーさんは庭にいると報告した。

「君ね、ゆうべ君がベルで食器室から出てきて、バーカーさんと書斎へはいったとき、バーカーさんはどんなものをはいていたか、覚えていませんか?」ホームズが尋ねた。

「覚えております。寝室用《しんしつよう》のスリッパをはいていらっしゃいました。警察へいらっしゃるというので、私が靴《くつ》をとってきてさしあげました」

「そのスリッパはいまどこにある?」

「まだホールのいすの下においてございます」

「ふむ、どの足跡《あしあと》がバーカーさんので、どれがそとから来た人のだかをたしかめるのは、もとより大切なことだからね」

「はい。じつはバーカーさんのスリッパは血がついておりましたから——私のにもつきましたけれど」

「それはそうだろうとも、部屋のなかがあの始末だったからね。ご苦労でした。用ができたらベルを鳴らすから、いまは退《さが》ってよろしい」

それから私たちはまた書斎へ行った。ホームズはホールのいすの下にあった毛氈製《もうせんせい》のスリッパを持っていった。スリッパはエームズも気がついたように、両足とも底にどす黒い血がべっとりとついていた。

「不思議だな!」彼は窓のまえの明るいところへ持っていって、スリッパを詳《くわ》しく調べてみながら、「ふむ、どうも不思議だ」

持ちまえのしなやかさで、ひょいと身をかがめると、スリッパを窓敷居《まどじきい》の血のあとにあてがってみた。ぴたりとあっている。彼《かれ》は微笑をふくんで、無言で仲間を見まわした。

マクドナルド警部は興奮で顔いろをかえた。こうなるといよいよ生まれ故郷のスコットランドのなまりがのさばりだしてくる。

「や、や、これにちがいないですよ。窓の血はバーカーのやつの足跡ですよ。これは普通《ふつう》の靴よりもだいぶ幅《はば》がひろいです。そういえばホームズさんは、これを平足《ひらあし》だとかいいましたね。ふむ、それにしても、これはいったい何としたことでしょう、ホームズさん？」

「まったく、何としたことでしょうね」ホームズはじっと考えこんだ。

ホワイト・メースンはそれみたことかといいたげに、まるっこい手をもみあわせながらにたりとしていった。

「だから私は大ものだといったですよ。まったくこいつは大もの事件にちがいありませんよ」

第六章　夜明けの光

三人の探偵《たんてい》はなお細かい点をしらべる用事がのこっていたので、私はひとりで質素な村の宿屋へ帰ることにしたが、そのまえに古めかしく珍《めずら》しいこの家の庭をひと回りしてみることにした。

妙《みょう》な型に刈《か》りこんだイチイの老木の並木《なみき》にかこまれた庭は、時代ものの日時計を中心に、美しい芝生《しばふ》になっていて、見るからになごやかなので、いくらか気づかれ気味の私には、もってこいの休み場所だった。こうした平和にみちた空気のなかにいると、血まみれの死体のころがっていたうす暗い書斎《しょさい》のことなぞ忘れてしまうか、思いだしても恐ろしい悪夢《あくむ》くらいにしか思えなくなるのだった。

けれども庭内をぶらついて、せっかく気を鎮《しず》めようと思ったのに、妙なことになって、またしても私は前夜の悲劇を思いださされ、いやな思いをしたのである。

庭のまわりにイチイの木のあることはいまもいうとおりだが、家にもっとも遠いあたりは、生《お》い茂《しげ》って並木というよりは生けがきにちかくなっていた。この生けがきの向こうがわに、石の腰《こし》かけがあって、家のほうからはちょっと見えないようなふうになっている。

なんということもなくそっちへ近づいてゆくと、ふと話し声が聞こえてきた。男の太い声が何かいったのにたいして、女の笑うのが聞こえたのである。ほとんど同時に、生けがきのはずれまできた私は、そこにダグラス夫人とバーカーのすわっているのを見てしまった。向こうはまだ気がつかないらしい。夫人の様子のかわっているのに、私はおやと思った。さっき食堂では、殊勝《しゅしょう》らしく控え目であった。ところがいま見ると、彼女のどこにも、悲しそうな様子など薬にしたくも見あたらないのだ。眼《め》は生命の歓喜にかがやき、顔はさっき相手のいった言葉をおもしろがって、まだほころびている。

相手のバーカーは、ひざにひじをついて両手をかるく握《にぎ》りあわせ、前こごみにすわって、美しい顔にしゃあしゃあと微笑をうかべている。

だが二人は私に気がついて――ほんのすこしおそすぎた――急に真顔になった。そして何やら小声で忙《いそが》しく二こと三こと話しあったと思ったら、バーカーが立って私のほうへ歩みよってきた。

「失礼ですが、ワトスン先生じゃありませんか？」

私はだまって軽く頭をさげた。顔にはいまうけたおもしろくない印象が明らかに現われていたことと思う。

「あなたがワトスン先生にちがいないと、話しあっていたところです。シャーロック・ホームズさんとの関係は知らぬものはありませんからね。こちらへいらして、ダグラス夫人と少しお話しになりませんか？」

私はむずかしい顔をして、バーカーのあとについていった。私の眼には、頭をつぶされてぶっ倒《たお》れている姿が、いまもありありと見える気がするのである。それなのに、それから何時間も経過していないいま、殺された人のものだった庭の生けがきのうしろで、その人の妻と最も親しかった友人とが、こうして談笑しているとは！　私は控え目にあいさつした。食堂で彼女の悲しみに同情したばかりの私には、彼女の哀願的《あいがんてき》な眼差《まなざし》を、冷やかな無感動な眼で受けとめるしかなかった。

「私のことをさぞ無情な冷たい女だとお思いでございましょうねえ」

「私なんかの知った事じゃありませんからね」私は肩《かた》をすぼめた。

「でもいつかはわかっていただけますわ。いまでもただ私が……」

「そんなことはもういいじゃありませんか」バーカーが急いで話をそらした。「ワトスン先生も私の知ったことじゃないとおっしゃっているのですしね」

「そうですとも。じゃ失礼して、散歩をつづけさせていただきます」

「先生、ちょっとお待ちになって！」夫人が嘆願《たんがん》するように引きとめた。「あなたでなければおわかりにならないことがありますの。それが私には大問題ですのよ。あなたはホームズさんと警察の関係を、どなたよりもよく知っていらっしゃいますわね。あいまホームズさんに何か打ちあけましたら、ホームズさんとしては、それを当然警察へお知らせになる必要があるのでしょうか？」

「そう、そこですな」バーカーもその尾《お》について熱心に、「ホームズさんは独自の立場で調べていらっしゃるのですか？　それとも警察に協力していらっしゃるわけですか？」

「そうした問題をここで申しあげてよいものかどうですか、私にはわかりかねますよ」

「お願い。先生、お願いでございますから、どうぞお教えになって。それがはっきりしますと、たいへん助かるんでございますのよ」

夫人の口ぶりにはどこか誠実さがうかがわれるので、さっきからの軽薄《けいはく》さにたいする反感も忘れて、つい望みをかなえてやる気になったのである。

「ホームズ君は独自に調べているのです。まったく自由の立場から、独自の判断にしたがって行動しているのです。しかしその一方では、おなじ目的のもとに働いている警察官にたいして、どうしても忠実であろうともするし、悪人を懲《こ》らす役にたつと思えば、どんなことも隠《かく》しだてはしないのです。これ以上はなにも申しあげられませんが、もっと詳しくお知りになりたかったら、ホームズ君に直接お尋ねになったらよろしいでしょう」

こういいながら私はちょっと帽子《ぼうし》をとって、二人を生けがきのうしろに残したまま、その場を立ちさった。生けがきのはずれまでいって、そこで曲る拍子《ひょうし》に振りかえってみると、二人はまだ何ごとか熱心に話しあっていて、しかもそれが私のうしろ姿を見おくりながらだったから、話の内容は私とのいまの話に関連したことなのは明らかだった。

「なにもあの二人から打ちあけてもらおうとは思わないね」あとでホームズにこのときのことを報告すると、彼はこういって取りあおうとしなかった。彼は午後はずっと領主館《りょうしゅやかた》にいて、警部たちと相談にふけっていた。五時ごろにひどく腹をへらして帰ってきて、私が頼《たの》んでやった夕食兼用《けんよう》のお茶を、がつがつと摂《と》った。

「打ちあけ話なんかごめんだよ。共謀《きょうぼう》して殺したというので逮捕《たいほ》されるようなことにでもなったら、ひどく具合が悪かろうじゃないか」

「そんなことになりそうなのかい？」

ホームズはうれしくてならないらしく、きわめて上きげんだった。

「いまね、この四つ目の卵を平らげたら、詳しいことを話すつもりだよ。なにもまだ見届けたわけじゃない。とてもそこまではゆかないけれど、なくなった鉄亜鈴《ダンベル》の行くえをつきとめさえしたら……」

「なに、鉄亜鈴だって？」

「おやおや、君はまだこの事件の真相が、なくなった鉄亜鈴の行くえいかんにかかっているということすら、察知できないでいたのかい？　いや、君がなにもそう悄気《しょげ》ることはないさ。ここだけの話だが、マック警部にしてもあの優秀ないなか警部にしても、この事件の圧倒的《あっとうてき》な重点がどこにあるかはわかっていないのだからね。片っぽうしかない鉄亜鈴！　そいつを持った運動家を想像してみたまえ。そんなものを振りまわしていたら、半身だけが発達する――背ぼねの曲りをきたす危険があるにきまっている。恐《おそ》ろしいことだ。たいへんなことだよ」

ホームズは口いっぱいにトーストをほおばって、いたずらっ児《こ》のような眼を光らせ、当惑《とうわく》しきっている私を見かえした。彼の食欲のさかんなのを見ただけで、捜査《そうさ》がうまくいってるのはわかった。何かの問題にぶつかって、心を悩《なや》ましているときは、そうでなくてもやせて鋭《するど》い顔を、完全な精神集中の苦悩《くのう》でますますやつれさせ、幾日間《いくにちかん》でも物を食べようとしない彼をよく知っているからである。

やっとフォークをおいた彼は、パイプに火をつけ、ふるい村の宿屋の炉《ろ》ばたにすわって、ゆっくりと、順序もなく事件のことを話しだした。それは考えてから話すというよりも、話すことによって自分の考えをまとめてゆくというふうにも見えた。

「うそだね。途方《とほう》もなく大きな、あきれはてた真赤なうそ——まずわれわれのぶつかったのがこれなんだ。これがわれわれの出発点だ。バーカーの話したことは、すべてうそなんだ。しかしあの話は、夫人によって確認されている。したがって夫人もうそつきなんだ。二人は申しあわせてうそをついているのだ。そこで問題は、なぜ彼らはうそをいうのか？　彼らがそんなにまでして隠したがっている真相はどんなものなのかだ。だからワトスン君、これから二人で、うそのうらに隠された真実を考えだしてみることにしようよ。

二人がうそをいっていることが、どうしてわかるのか？　ありうべからざることとすぐにわかるへたなうそをついたからだ。考えてもみたまえ。彼らの話によれば、犯人は殺害後一分以内に、死体から指輪を、それも第二の指輪の奥《おく》にはめていたのを抜《ぬ》きとって、第二の指輪をもとへもどしておき——犯人がそんなことをするものかね

――そのうえ死体のそばに妙な紙きれまで残していった。こんなことが一分くらいでできるものじゃないさ。

あるいは君はいうだろう――いや、君の判断力をたかく評価するから、かならずいうだろうと思うのだが――指輪は殺すまえに抜いたのかもしれないとね。だがろうそくがほんの短時間点火されているだけだという事実は、二人がながく話なんかしたのでないことを示している。気のつよい男だったというダグラスが、ちょっと威《おど》かされたくらいで、やすやすと結婚指輪なんか渡《わた》しそうだと思うかい？　どんなことがあったって渡す男とは思えないじゃないか。

いや、犯人は死体のそばに、ランプをともしてしばらく独りでいたのだよ。その点は僕《ぼく》のけっして疑わぬところだ。しかし死因はどうやら銃撃《じゅうげき》にあるのだから、してみると銃撃は話にきいたのよりいくらか前に行なわれたものでなければならない。といって、そうしたことに思いちがいなんかあるはずのものじゃない。

そこで、銃声を耳にした二人の人物――バーカーとダグラス夫人の共謀という問題に直面することになるのだ。それに加えて窓の血のあとが、警察を誤らすためバーカーがつけたものだと立証された以上は、あの男が怪《あや》しいということは君も認めるだろう？

こんどは、それでは殺害の行なわれた真の時刻はいつかの問題を考えなければならない。十時半までは、召使《めしつか》いたちが家のなかで動きまわっていたのだから、それより以前でないことは確かだ。十一時十五分まえに、食器室で働いていたエームズだけ残して、あとはみんなそれぞれの部屋へ引きとった。今日は君が宿へ帰ってから、僕はちょっとした実験をやってみたが、あちこちのドアをすっかり閉めきってしまうと、マクドナルドが書斎で音をさせても、食器室にいる僕には聞こえないことがわかった。しかし家政婦の部屋はそれと違《ちが》う。そう遠くないからでもあろうが、大きい音なら、かすかながら聞こえる。猟銃《りょうじゅう》というものは、こんどの場合のように、目標に近接して発砲《はっぽう》すると、銃声はある程度殺される。だからその晩の銃声も、そう高音ではなかったにしても、静かな夜間のことではあるし、アレン夫人の部屋へはとどいたはずだ。彼女《かのじょ》は、自分でもいっているように、いくらか耳が遠いのだけれど、それでも騒ぎのはじまる三十分ばかりまえに、ドアでも強く閉めたような音を聞いたと証言のなかでいっている。騒ぎの三十分まえといえば、十一時十五分まえだ。

彼女の聞いた音というのが、銃声であり、そのときに殺害の行なわれたのであることは疑いをいれない。そのとおりだとすれば、こんどはバーカーとダグラス夫人とは、どちらも直接の下手人ではないものとして、十一時十五分まえに銃声で階下へ降りてきてから、十一時十五分すぎにベルを鳴らして雇人《やといにん》たちを呼ぶまでのあいだに、いったい何をしていたかの問題を考えなければならない。すぐに人を呼ぶことをせずに、そのあいだ二人は何をしていたのか？　この問題がとけたら、ある程度は事件の解決に近づくことになると思う」

「二人のあいだには一つの了解《りょうかい》が成立しているのだと思うよ。良人《おっと》が殺されたばかりだというのに、笑いふざけているなんて、よくよく冷酷《れいこく》な女だよ」

「そうさ。こんどの事件についての申したてから考えても、妻としてはいい妻じゃない。君も知っているとおり、僕は元来心から女性を賛美するものじゃないが、これまでの経験で、少しでも良人を大切と思う妻なら、その良人が死んだというのに、ほかの男のいうことなぞ聞いて、死体をほったらかしておくような女は少ないということだけは教えられている。もし僕が結婚でもしたら、すぐそばに良人の死体がころがっているというのに、ひと眼見ようとさえしないで、家政婦なんかにつれられてその場を立ちさるようなことをしないような情操だけは、妻に植えつけておきたいものだと思うよ。

あれはまずい演出だった。あの場合女として泣きもしなかったというのには、駆《か》けだしの探偵だって首をかしげるよ。ほかのことはおいて、この一事だけで僕は、あらかじめ膳《ぜん》だてのできていた裏ぎりだなという暗示をうけるよ」

「じゃ君は、きっぱり夫人とバーカーが犯人だと考えるわけなんだね？」

「あんまりあけすけな質問でどきりとするよ」とホームズは私にむかってパイプを振《ふ》りあげながらいった。「まるで弾丸《たま》にあたったような気がする。ダグラス夫人とバーカーは、この殺害の真相を知りながら、諜《しめ》しあわせてそれを隠しているのだろうかという質問なら、僕は喜んで答えられる。二人はたしかに知りながら隠しているのだ。しかしさっき君が尋《たず》ねたようなことまでは、まだわかっていない。そこでちょっと、障害となっている問題について考えてみよう。

　まず最初に、この二人が不倫《ふりん》の愛でむすばれて、邪魔《じゃま》になる男を除く決心をしたものとしてみよう。召使いやそのほかの筋にそれとなく尋ねてみたところ、それを裏づけするものが何も出てこなかったから、この仮定は放胆《ほうたん》にすぎるようだ。それどころか、ダグラス夫妻はふかく愛しあっていたという証拠《しょうこ》のほうがたくさんあった」

「それはほんとじゃなかろうと思う」私は庭で見た美しい笑顔《えがお》を思いだした。

「それにしても調べた相手から受けた印象はそうだった。だがかりに夫人とバーカーがきわめて抜け目のない連中で、この点で人の眼をあざむき、良人殺しをたくらんだとしてみよう。ところが偶然《ぐうぜん》にも、ダグラスはいつも生命《いのち》をおびやかされて……」

「そのことは夫人とバーカーがいうだけだ」

ホームズは考えこんで、

「なるほど、君はあの二人のいうことは初めから終りまでうそだというのだね。その考えに従えば、正体不明の威嚇《いかく》なんかあったわけじゃなく、〝恐怖《きょうふ》の谷〟もマクなんとかいう人物もみんな架空《かくう》のものということになる。ふむ、洗いざらい否定の立場をとるのはおもしろい。これを押《お》しすすめたらどんなことになるか、ひとつ考えてみよう。

殺しておいて、そういう言訳をこしらえあげたとする。二人はさらに一歩をすすめて、そとから侵入《しんにゅう》したものがある証拠として、自転車を繁《しげ》みのなかへ隠しておくということまでやった。また死体のそばに落ちていた紙きれだって、あの家でこしらえたものなのだろう。すべて君の仮定とむじゅんはしない。

ところがワトスン君、ここに一つ困ったことには、どうしても君の仮定と合致《がっち》しないものがある。ものもあろうに、なぜ先を切りつめた猟銃――しかもアメリカ製のものを使ったのだろう？　銃声を聞いて誰《だれ》かくるという懸念《けねん》をどうして持たなかったのだろう。家政婦が、ドアのバタンという音で、何事かと部屋から飛びださなかったのは、一つの偶然にすぎなかったのだ。二人が犯人だというが、これらの点はどう説明する気だね？」

「そいつは僕にも説明がつかないよ」

「さらにまた、人妻が姦夫《かんぷ》と共謀して良人を殺したとして、死体かられいれいしく結婚指輪をぬきとって、自分たちの罪をふれまわるような真似《まね》をするものかどうか？いかにもありそうなことと君は思うかい？」

「思わないね」

「まだある。自転車を見つかるように隠しておくという手を思いついたとしても、自転車は逃《に》げる身にとって何よりの必要品なのだから、よくよくボンクラの探偵《たんてい》にだって、ごまかしだということはわかるにきまっているのに、そいつを実行すると思うかい？」

「僕には解釈がつかないよ」

「そんなことをいうけれど、人間の知恵《ちえ》で解釈のつかない事件の重なりなんて、あるはずがない。事実と断定はしないが、単に精神訓練の一つとして、思考の可能な方向を述べてみよう。もちろん想像にすぎない。しかし想像が真相の母となった例がしばしばあるのだからね。

まずこのダグラスという男の生活に、やましい秘密、真に恥《は》ずべき秘密があったものとしてみよう。そのために彼《かれ》は殺された——復讐者《ふくしゅうしゃ》とかりに呼んでおこう。外部のものだ。この復讐者が、理由はまだ僕にも説明できないけれど、死体から指輪をぬきとった。おそらくはこの男の先妻との結婚に関連するあだうちで、それにからんだ問題から指輪をとっていったのかもしれない。

この復讐者のまだ逃げさらないまえに、バーカーと夫人とが駆けこんできた。犯人は二人にむかって、自分を捕《とら》えようとすれば、ある種のいまわしい恥《はじ》さらしな秘密を暴露《ばくろ》するぞと説き聞かす。二人はそれではと、逃がしてやるほうを選ぶ。そのため二人はいったん橋をおろし、またあげておいたものだろう。橋は音のしないように上下できるのだ。

彼は逃走《とうそう》に成功した。しかも何かの理由から、自転車を利用するよりも、徒歩のほうがよいと判断したので、自転車は、完全に逃げおおせるまで見つからなければよいのだから、ざっと隠しておいた。ここまでは可能の域を脱《だっ》していないと思うが、どうだろう？」

「そうさ、むろん可能といえるね」私はいくらか遠慮《えんりょ》しておいた。

「ここで忘れてならないのは、どんなことがあったにしろ、それはきわめて異常なことだという事実だ。さてそこで、さっきの仮定のつづきだが、あの二人は――かならずしも不義の仲とはいわぬが――犯人が逃げていってから、こんどは自分たちがきわめて困難な立場におかれているのに気がついた。すなわち自分たちがやったのでもなく、またそれを黙許《もっきょ》したのでもないことを立証することのむずかしさだ。そこでとっさに、へたくそな対策を講じた。犯人がそこから逃げたように見せかけるため、バーカーの血のついたスリッパで窓に血のあとをつけたのだ。そして銃声をきいたのはこの二人だけなのにちがいないから、型のとおり人を呼んだのだ――ただしほんとの銃声よりもたっぷり三十分もおくれてね」

「だがそいつをどうやって立証するつもりなんだい？」

「そうさ、外部のもののやったことなら、そいつを追いつめて捕えればよい。どんな証明よりも有力だからね。だが外部のものでないとすると、そうさね、正確な方略はいくらでもある。あの書斎《しょさい》に一人でひと晩すごしてみれば、大いに得《う》るところがあろうと思う」

「一人でひと晩だって？」

「まもなく行こうと思っている。そのことはちゃんとエームズと打ちあわせてあるんだ。あれはバーカーをけっしてよく思っていないね。あそこの空気のなかでじっとすわっていたら、なにか思いつくかもしれないと思う。僕は『場所の神』の信者だからね。君はにやにやしているけれど、まあ見ていたまえ。ときに君は例の大きなコウモリ傘《がさ》を持っているだろうね？」

「あるよ」

「じゃあれを貸してほしいんだ」

「いいとも、でもあんなもの、武器にはどうかな。もし危険があるなら……」

「いや、それほどのことはないんだ。ほんとに危険があるようなら、君に同行してもらうよ。しかし今日は傘だけでいい。いまは警部たちがタンブリッジ・ウエルズから帰るのを待っているのさ。二人はあそこへ、自転車の持主がいやしないか、それを調べに行っている」

マクドナルド警部とホワイト・メースンの帰ったのは、うす暗くなってからだった。二人は捜査が大進展をとげたといって、すばらしい元気ぶりを見せた。

「私はね、犯人外部説には今までたしかに疑問をもっていましたがね」マクドナルド警部がいった。「この疑問はすっかり晴れましたよ。自転車の身もとがわかったし、乗っていった男の人相もわかりました。これで長足《ちょうそく》の進捗《しんちょく》をみたわけですよ」

「いよいよ終りが近いという感じをうけますね」ホームズがいった。「お二人に心からのお喜びを申しあげます」

「まずね、ダグラスさんはまえの日にタンブリッジ・ウエルズへ行ってきてから、様子がかわってみえた、という事実から出発したのです。してみると、タンブリッジ・ウエルズで何かの危険に気づいたものにちがいないです。したがって犯人が自転車でやってきたのは、タンブリッジ・ウエルズからであることは明らかですし、またダグラスさんとしても予期しないことではなかったでしょう。

そこであの自転車をタンブリッジ・ウエルズへ持っていって、各ホテルを持ちまわったのです。するとイーグル・コマーシャルというホテルの支配人が、この自転車なら、二日まえから泊《と》まっているハーグレーヴという客のものだといいました。ハーグレーヴの持物は自転車と手さげかばんが一つだけで、宿帳にはロンドンとあるばかり、詳《くわ》しい住所は書いてありません。かばんはたしかにロンドン製で、内容品もイギリス製ばかりだけれど、本人は疑いの余地なくアメリカ人だといいます」

「おうやおや」ホームズはうれしそうに、「私がここでワトスン君と空《むな》しく議論ばかりしているあいだに、あなたがたは実績をあげてきたわけですね。実践《じっせん》を重んぜよという教訓ですよ」

「それですよ、まったくね」警部は得意そうだった。

「それにしてもホームズ君、この事実は君の想定にぴたりじゃないか」私がいった。

「そうかもしれないが、そんなことはいいから、話をおわりまで聞くことにしよう。マック君、その男の身もとを知る方法はないのですか？」

「知られないように、注意ぶかく隠《かく》しているものとみえて、手掛《てが》りがまるでないのです。受取りその他の書類もなければ、手紙もなく、衣類にもネームがついていません。寝室《しんしつ》のテーブルに自転車旅行者用のこの付近の地図があるだけです。本人はきのうの朝、食事をすませてから自転車で出かけたきり、どこへ行ったのか、いまだに帰ってこないということでした」

「それで困っているのですよ、ホームズさん」ホワイト・メースンが口をだした。「疑いをうけて騒《さわ》ぎをおこすのがいやなら、早いとこホテルへもどっておとなしくしていそうなものだと思うんですがねえ。このままではホテルの支配人が警察へ届けるだろうし、そうなれば人殺しにむすびつけて考えられるくらいのことが、わからないはずはありませんよ」

「普通《ふつう》の人間なら、まあそうでしょうね。それなのにいまもって姿を現わさないというのは、なにか心に期するところがあるのでしょう。それで人相なんかは、どうなんですか？」

マクドナルド警部は手帳と相談して、

「わかっただけのことは、ここへ書きつけておきましたが、みんな特に気をつけて見てはいないですね。それでもポーターや事務員や部屋女中が一致していっていることを総合してみると、身長は五フィート九インチくらい、年は五十ばかりで、かみには白いものが少しまじり、ひげもだいぶ白くなっており、鼻は反《そ》り気味で、ぜんたいとしてこわい顔つきだったといっています」

「ほう、顔のことをのけたら、ダグラスとだいたい同じですね」ホームズがいった。

「ダグラスも五十すぎで、頭にもひげにも白毛《しらが》をまじえ、身長も同じくらいです。それだけですか？」

「リーファー・ジャケットのうえに、灰いろの厚地の服をつけ、黄いろい短いオーヴァーを着て、柔《やわ》らかい縁《ふち》なし帽子《ぼうし》をかぶっていたそうです」

「猟銃のことはどうです？」

「あれは二フィートにもたりないですから、かばんのなかにもはいるし、オーヴァーの下に隠して持ちあるくのも容易だと思います」

「それらのことが、事件ぜんたいにどう関連をもつとお考えですか？」

「それはね、ホームズさん」こんどはマクドナルド警部がいった。「この男を捕《つか》まえたら——人相がわかると五分以内に、各地へ電報しておきましたからね——はっきりしたことがいえると思います。しかしそれにしても、捜査《そうさ》は大いにはかどったわけです。

ハーグレーヴと名のるアメリカ人が、二日まえにかばんをもって自転車でタンブリッジ・ウエルズへやってきました。かばんのなかには、切りちぢめた散弾銃《さんだんじゅう》が忍《しの》ばせてあったのですから、あらかじめ人を殺す気であったことが知れます。この男はきのうの朝、オーヴァーの下に鉄砲をかくして、自転車で出かけました。ところがいまわかっている限りでは、この男がバールストンの領主館《りょうしゅやかた》へ来たのを見かけたものはない。しかしそこへゆくにはバールストンの村を通る必要はないのですし、いなか道を自転車でとばすものは多いのですから、誰もとくに注意はしません。おそらく彼はまず自転車をあの月桂樹《げっけいじゅ》の繁みに隠して、自分もそのへんに身を忍ばせてダグラスさんの出てくるのを待っていたのでしょう。散弾銃は家のなかで使うには不向きな凶器《きょうき》ですが、おそらく屋外で使うつもりだったのでしょう。ズドンとやりさえすればよいのですから、しくじるおそれのない有利さがあります。それに猟場の付近のことで、みんな慣れていますから、銃声なんかに驚《おどろ》きゃしません」

「うむ、理路整然としていますな！」ホームズがいった。

「ところがダグラスさんが出てこない。どうしたらよいか？　彼は自転車をすてておいて、黄昏《たそがれ》にまぎれて館へ近づきます。みると橋はおりているし、あたりに人の姿もない。とがめられたら何とかいいのがれるつもりで、一か八《いちばち》か橋をわたってゆきます。幸い誰にも会わずに、館のなかへはいれたので、手近の部屋へ忍びこんで、カーテンのうしろに身をかくします。跳《は》ね橋のあがるのは、そこから見えたので、逃げるには堀《ほり》をわたるしかないことも知ります。そして十一時十五分までそこで待っていると、ダグラスさんが毎夜の例で見まわりにはいってきました。

そこで一発のもとにうち倒《たお》しておいて、考えておいたとおり逃げだします。それについて自転車は、ホテルのものが知っているから、足がつくかもしれぬと思い、なにかほかの方法でロンドンへ逃げ帰ったか、それともあらかじめ用意しておいた隠れ家へ逃げこんだのです。どうお思いです、これで、ホームズさん？」

「そう、お話はうかがったかぎりではたいへんおもしろく、いや明瞭《めいりょう》ですよ。それがお話の結論なんですね。私の結論を申せば、犯行は届出にある時刻よりも三十分早く行なわれていること、ダグラス夫人とバーカーは共謀《きょうぼう》して何ごとかを隠していること、二人は犯人の逃走を助けたか、少なくとも犯人がまだそこにいるうちに書斎へはいったこと、また犯人が窓から逃げたと思わせる細工をしたこと、そのためにはおそらく二人で橋をおろして逃がしてやったものと思われることなどです。以上が事件の前半にたいする私の解釈です」

二人の警官は頭をふった。

「それじゃホームズさん、それが事実ならば私どもは、せっかく暗やみからぬけだしたと思ったら、またべつの暗やみへ陥《お》ちこむことになります」ロンドンの警部がいった。

「しかもある意味ではよりやっかいな暗やみへね」ホワイト・メースンもいった。

「夫人は一度もアメリカへ行ったことはないのです。それなのにアメリカ人の犯人を庇《かば》ってやったというのは、そこにどんな可能な関連性が考えられますか?」

「むずかしい問題であることは、率直《そっちょく》に認めます」ホームズがいった。「それで私は今晩一人でちょっとした調査をしてみようと思うのです。この調査によって、その理由の究明に何か寄与《きよ》することもあるのじゃないかと考えます」

「お手伝いいたしましょうか?」

「それには及《およ》びません。暗黒とワトスン君の傘さえあれば、ほかに何もいりません。エームズが——あの忠実な執事《しつじ》が、かならず無理な注文も通してくれると思います。どの方向から考えてみても、結論は一つの根本的な問題に帰着します。運動家が、なぜ片っぽしかない鉄亜鈴《ダンベル》なんか使って、からだを鍛練《たんれん》するような妙《みょう》なことをやったかという問題です」

ホームズがその夜単独の遠征《えんせい》から帰ってきたのは、だいぶおそかった。いなかの宿屋のことで、いちばんいい部屋を提供してくれたのだが、そこは寝台が二台入れてあった。つまり私たちは同室に眠《ねむ》ることになっていたのである。ホームズのはいってきた気配で、私はふと眼《め》を覚した。

「帰ったね。何か発見があったかい？」

彼はろうそくを手にして、私の枕《まくら》もとに立っていたが、ひょろ長いからだを二つに折るようにして顔をそばによせ、ひくい声でいった。

「ねえワトスン君、きみは気ちがいか馬鹿《ばか》か、正気を失った男と一つの部屋に眠るのはいやかい？」

「平気だよ」私は妙なことをいうと思った。

「そいつはありがたい」といったきりで、ホームズはその晩ついに一言も口をきかなかった。

第七章　解　決

あくる朝、食事をすませてから、村のウイルスン部長の家へいってみたら、マクドナルド警部とホワイト・メースンが小さな客間でひそひそとしきりに相談していた。なかにはさんだテーブルのうえには、手紙や電報が山と積んであって、二人はそれを注意ぶかく分類したり、摘要《てきよう》を書きとめたりしているのである。なかで三通だけ別にしてあった。

「まだ自転車乗りを追いまわしていますね？」ホームズが元気よくいった。「消息がわかりましたか？」

マクドナルド警部はかなしげに手紙や電報の山を指さして、

「現在レスター、ノッティンガム、サザンプトン、ダービー、イースト・ハム、リッチモンドそのほか十四カ所から、報告がきていますが、そのうち三カ所、イースト・ハムとレスターとリヴァプールでは、確証を認めて逮捕《たいほ》したといってきました。黄いろいオーヴァーを着て逃《に》げまわっているやつは、いたるところに出没《しゅつぼつ》しているらしいですな」

「おうやおや!」とホームズは同情していった。「ところでマック君、そしてホワイト・メースン君にも、ぜひおすすめしたいことがありますがね。あなたがたにお仲間いりして、この事件を手がけるときに、お忘れでもありますまいが、私は不確《ふたしか》なうちから意見なぞ申しません、正しいと得心のゆくまでは、自分の考えに従って思うさま捜査するつもりですと申しておきました。ですから私としては、考えていることの全部をここで申すのは控《ひか》えておきます。

しかしながら同時に、私は正々堂々あなたがたと対抗《たいこう》するつもりだとも申しておきました。ですからここで、あなたがたが効果のないことに精力を消費するのを黙《だま》って見ているのは、けっしてフェア・プレーだとはいえないと思うのです。ですからいま改めてお二人に忠告しなければなりません。忠告はきわめて簡単で、たったひと言ですみます。曰《いわ》く——捜査を断念なさい」

マクドナルド警部とホワイト・メースンはあっけにとられて、有名な私立探偵《たんてい》の顔を見た。

「見込《みこみ》がないとお考えなんですか?」

「あなたがたには見込がないと考えるのです。私には真相がわからなくはなかろうと思っています」

「でもこの自転車乗りはねえ、これは作り話ではありません。ちゃんと人相もわかっているし、かばんや自転車もあります。ですからこれはたしかに実在の人物です。実在であるかぎり、捕まらないはずはありますまい？」

「そうですとも。むろんどこかにいるのです。ですから必ず捕まりましょう。ただね、イースト・ハムやリヴァプールなんかでむだな努力をするのをおよしなさいと申すのです。同じことでも、どこかに近道があるにちがいありませんよ」

「なにか隠していますね？　それじゃあんまりフェア・プレーでもないじゃありませんか？」マクドナルド警部はにがい顔をした。

「私の仕事ぶりはよく知っているじゃありませんか。でもまあ、留保はなるべく早く解きますよ。私はただ一つある細目をたしかめたいだけですが、むずかしいことでもありませんから、それができたらお暇《いとま》をつげてロンドンへ帰らせていただきます。あとはいっさいの成果をあげて、あなたがたのご自由におまかせしますよ。私もいろんな事件を経験しましたが、こんなおもしろい変った事件は初めてですから、そうでもしてせめて謝意を表したいのです」

「私なんかの及ぶところでない鮮《あざ》やかさです。昨晩私どもがタンブリッジ・ウエルズから帰ってお目にかかったときは、私どもの成果にだいたいご同意だったのに、それがいま完全にお考えがかわったとは、いったい何があったのですか？」

「それはね、お尋《たず》ねだからいいますが、あのときも申したように、あれから数時間を領主館ですごしたのです」

「それで、どんなことがありました？」

「そう、そのお尋ねにはいまのところ、ごく大ざっぱなお答えしかできません。話はちがいますが、私はいま村のタバコ屋でたった一ペンスで買える古い建物に関する薄《うす》っぺらながらおもしろいものを読んでいますが」と、ここでホームズはチョッキのポケットから、ふるい領主館の粗末《そまつ》な図版のはいった小冊子をとりだして、「周囲のものの歴史的空気に理解があると、捜査にはひとしお興を添《そ》えるものですよ。そうじれったがるのはおよしなさいよ。こんな簡単な説明でも、過去のことをある程度思い浮《う》かべさせますからね。ちょっと一例をあげてみましょうか。――ジェームズ一世の治世第五年に、古い建物の跡《あと》に建てられたこのバールストンの領主館は、現存する外堀式ジェコビアン邸宅《ていたく》としてもっとも美しいものの一つとして……」

「馬鹿にしちゃ困りますよ、ホームズさん」

「なんですねえ、マック君！　あなたに腹をたてられたのは初めてのようですな。よろしい、そんなにお気に入らなければ、読みあげるのはよしましょう。でもあの建物が一六四四年にはある国会議員のものになったり、一六四二年からの内戦にあたっては、チャールズ王が数日間あそこへ隠れたことがあるし、またジョージ二世が来訪したことのあることなどが、このなかに書いてあると申したら、こんな古い家にも、いろんな意味で興味のあることがおわかりでしょう？」

「そりゃおもしろいでしょうが、目下の問題とは関係がありませんからねえ」

「ほう、関係ありませんかねえ？　視界のひろいということが、この職業には必要な要素の一つですよ。観念の相互作用《そうごさよう》、知識の間接的駆使《くし》などは、とくにおもしろいことのあるものです。こんなことを申すのも、ほんのしろうとではありますけれど、あなたがたより少しは古く、おそらく経験も多い私のことですから、お許しねがいますよ」

「許すも許さぬもありゃしませんよ」マクドナルドは心をこめていった。「あなたにはよくわかっているのでしょうが、ただそいつを言うのに、いやに持って回ったいいかたをなさるだけのことですよ」

「ふむ、じゃね、過去の歴史はすっかり省略して、さっそく現下の事実にはいりましょう。ご承知のように私は昨晩バールストン館へ行きました。バーカーさんにも夫人にも会いませんでしたが、これはその必要を認めなかったからです。でもいい具合に、夫人はさほどよくよくよする様子もなく、夕食もずいぶん進んだということです。私としては話のわかるエームズにさえ会えばよいのでして、よろしく話しあった結果、あの男は誰《だれ》にも相談することもなく、しばらく私が書斎《しょさい》へはいって独りでいるのを承諾《しょうだく》してくれました」

「書斎へ？　あれがまだあるのに？」私はびっくりした。

「いや、いや、あれはもうすっかりとり払《はら》ってある。あなたが許可を与《あた》えたのだそうですね、マック君。部屋のなかはきれいに片づけてあったから、私はそこで十五分ばかり有益にすごしました」

「何をしたのです？」

「そう、あんな簡単なことが、いつまでも不明のままなのは困る――なくなった鉄亜鈴《ダンベル》をさがしたのです。この問題がたえず大きなシコリになって私の頭にこびりついていました。でもついに見つけましたがね」

「どこで？」

「さあ、その点になると、まだ手を下すまえでしてね、もうちょっとやってみなければ……ほんのちょっとですがね。わかったらいずれすっかりお知らせすることを約束《やくそく》しておきますよ」

「おとなしくそれを待っているしかありますまいが、それにしてもこの事件から手を引けとおっしゃるにいたっては……いったいぜんたい、なぜ私たちは断念しなきゃならないのです？」

「理由は簡単ですよ。あなたがたには捜査の目的の何たるかがわかっていない」

「目的はバールストン館のジョン・ダグラス殺しの犯人逮捕じゃありませんか」

「それそれ、そうですとも。それなら不思議な自転車乗りなんか追いまわすのはおよしなさい。何の役にも立ちゃしませんよ」

「じゃどうしろとおっしゃるんです？」

「私のいうとおりになさるなら、どうすべきかを申しますよ」

「あなたの奇妙《きみょう》な言行のうらには、つねに理由がひそんでいるようですから、よろしい、ご忠告に従いますよ」

「ホワイト・メースンさん、あなたは？」

いなか探偵は当惑《とうわく》したように、みんなの顔を見まわした。彼はホームズをも、その方式をもよく知らないのだ。

「マクドナルド警部がそれでよければ、私だって異存はありません」やっとこういった。

「よろしい！　ではこうなさい。お二人でこれから美しいいなか道を愉快《ゆかい》に散歩するのです。バールストン山脈から森林地帯を見おろすながめはすばらしいといいます。私はこの地に不案内だから、どこのコックがいいとお勧めはできませんけれど、昼食にはどこか手ごろな宿屋がありましょう。夕がたになって、気もちよく疲労《ひろう》して……」

「冗談《じょうだん》にもほどがありますぞ！」マクドナルド警部は怒《おこ》って腰《こし》をあげた。

「それがいけなければ、どうでもお好きなように今日いちにちをお過ごしなさい」ホームズはその肩《かた》をたたいてなだめ、「どこでもお好きなところへ行って、お好きなことをなさい。ただ日暮《ひぐ》れまでには、かならずここへ帰ってきてください、お待ちしていますからね」

「それならわからなくもありません」

「私のいうとおりになさるのがもっともいいのだけれど、日暮れまでにここへ帰ってさえくださるなら、ほかのことはあえて固執《こしつ》はしません。ところでお出かけまえに、ちょっとバーカーさんあてに手紙を一本書いていただきたいのです」

「どんな手紙を？」

「なんでしたら口述しましょう。用意はいいですか？

『拝啓《はいけい》、何か捜査《そうさ》の資料になるものが出てくるかもしれないと気がつきましたから、こんど貴館の堀を排水《はいすい》……』」

「あるもんですか！　私がちゃんと調べずみですよ」警部が反対した。

「いいから、私のいうとおり書いてください」

「そうですか？　じゃつぎを願います」

「『……排水させていただきたいと存じます。すでに準備を終りましたから、明早朝人夫をさし向け、まず小川をせきとめて流れを他に転じさせることにいたしますが……』」

「途方《とほう》もない！」

「『……いたしますが、あらかじめご了解《りょうかい》を得ておくべきだと考えますので、右ご通告申しあげます。』

書けたら署名をして、四時ごろに届けさせてください。そのころ私たちもここで落ちあうとして、それまでは自由行動ということにしましょう。捜査のほうは一時休止ですからね」

私たちが再び集まったときは、日が暮れかかっていた。ホームズの態度はきわめてしかつめらしく、私は好奇心《こうきしん》でいっぱいだが、二人の探偵は批判的《ひはんてき》な、にがい顔をしていた。

「さて諸君」ホームズはおもおもしく切りだした。「ただ今からすべてのことを私のテストにご一任願いたいのです。そしてあなたがたは独自の立場から、私の到達《とうたつ》した結論が正しいか否《いな》かご判定を願いましょう。今夜は冷えますし、この探検はいつまでかかるかも予測できませんから、十分着ていっていただきましょう。第一条件として、暗くならないうちに配置につく必要がありますから、お差支《さしつか》えなくば、すぐに出かけたいものです」

領主館の外園に沿ってゆき、垣根《かきね》の壊《こわ》れたところからはいりこんで、夕やみにまぎれてホームズの導くがままに、私たちは館の正面の跳《は》ね橋に近い繁《しげ》みのところまでいった。橋はまだ揚《あ》げてない。ホームズが月桂樹《げっけいじゅ》の陰《かげ》にしゃがんだので、私たちもそれにならった。

「これからどうするんです？」マクドナルド警部が気むずかしくいった。

「音をたてないように、ここで辛抱《しんぼう》しているのです」ホームズが答えた。

「こんなところへ来て何をしようというのですね？　もっと淡泊《たんぱく》にはいえないもので

すかね？」

ホームズは笑っていった。

「ワトスン君は私のことを、実生活における劇作家だというんですよ。私の内部からは芸術的な素質が湧《わ》きおこって、好演出をしつこく求めるのですな。われわれの職業というやつ、ときに結果を美化するような膳立《ぜんだ》てでもしないことには、まったく単調で目もあてられないものになりますよ。いきなり肩に手をかけたり、のっそりとお前が犯人だといったり――これじゃあんまり芸がなさすぎるじゃありませんか。そこへゆくと電光的な推理や巧妙《こうみょう》なわな、起こりうべき事がらへの鋭《するど》い洞察《どうさつ》、大胆《だいたん》な仮定のみごとな的中――こうしたものこそわが生涯《しょうがい》の誇《ほこ》りであり、生きがいというものじゃないでしょうか？いま現にあなたがたは、情勢への魅力《みりょく》で心をおどらせ、猟人《りょうじん》の期待で興奮しているけれど、もし私が時刻表のように明確なやりかたをしたら、心のときめきなんかあるでしょうか？ほんのしばらくの辛抱です、いまに何もかもわかりますよ」

「そうですかね。それじゃまあこの寒さで私の凍死《とうし》しないうちに、あなたの誇りだの生きがいだのを、見せていただきたいものですよ」ロンドンの警部が、おどけて同意を表わした。

待つのが長かったし、寒くはあるし、私たちがいい合せたようにじりじりしたのは当然であろう。古い館の長い陰気《いんき》な正面がしだいに夕やみのなかに包まれてゆき、堀《ほり》からたちのぼる冷たい湿気《しっき》で私たちは寒さが骨までとおり、歯の根もがたがた鳴った。門のところに一つと、書斎にランプがともっていた。そのほかはまっ暗で、静まりかえっている。

「いつまでこうしているんです？」ふと警部がいった。「いったい何を見はっているんです？」

「いつまでかかるか、そいつは私にもわかりませんよ」ホームズがつっぱなすようにいった。「悪人が鉄道列車のように、時刻表によって行動してくれたら、こんな都合のいいことはないのですがね。何を見はっているかと――おや、あれを見はっているのですよ」

このとき、明るい光のもれていた書斎の窓が、そのまえを誰か往《い》ったりきたりするものがあるので、急に暗くなった。私たちの潜《ひそ》んでいる月桂樹は、窓の正面にあり、百フィートとは離《はな》れていなかった。見ていると、蝶番《ちょうつがい》をきしらせて窓は押《お》しあけられ、そこから暗い屋外をのぞき見る男性の肩からうえのシルエットが見られた。人に見られるのを恐《おそ》れるように、ひそやかにあたりをはばかる様子である。

怪《あや》しい男が上体を前へ乗りだすようにしたと思うと、何しろあたりがひっそりしているものだから、かすかにぴちゃぴちゃと水の音のするのに気がついた。手にした棒かなにかで水のなかをかきまわしているらしい。しばらくすると、水のなかから何か釣《つ》りあげたらしく、窓から引きいれたのを見ると、かなり大きな丸っこいものである。

「どうです！　見ましたか？」

一同立ちあがったが、しびれがきれてぎごちない足を引きずって、ホームズのあとに続いた。ホームズはどうかすると勇気りんりん、きわめて活動的なはげしいところを見せる男だが、今がちょうどそれで、足ばやに橋をわたると、いきなりベルに飛びついたのである。すると掛金《かけがね》をはずす音がして、さも意外らしいエームズが姿をあらわした。ホームズは黙ってそれを押しのけるようにして、私たちを従え、いま怪しい男が怪しいことをしていた書斎へと走りこんだ。

堀をへだてて私たちに見えていた灯火《あかり》は、テーブルのうえの石油ランプだった。セシル・バーカーがそれを手にとって、はいっていった私たちに差し向けた。ランプに照らされた彼《かれ》のきれいにそった顔は、強硬《きょうこう》な決意にもえ、両眼は威嚇《いかく》的にかがやいていた。

「どういうことです！　何の用があって乱入しました？」

ホームズはすばやくあたりを見まわし、デスクの下にひもでからげたずぶぬれの包みが押しこんであるのを見つけてつかみだした。

「これを捜《さが》しに来たのですよ、バーカーさん。あなたがいま堀の底から引きあげた、鉄亜鈴《ダンベル》の重しのついているこの包みです」

バーカーはびっくりして、ホームズをまじまじと見つめた。

「そんなことが、いったいどうしてわかったのです？」

「なあに、私が沈《しず》めておいたからですよ」

「あなたが？　沈めておいた？」

「沈めなおしたといい直すべきかもしれませんがね。マクドナルド君、鉄亜鈴が片っぽう見あたらないのが不思議だと私がいったでしょう？　私としてはその点にあなたの注意を喚起《かんき》したかったのだけれど、あなたはほかのことに気をとられて、そこから何かの推定を下すほどには鉄亜鈴のことなんか考えてみようともしなかった。すべて水に近い場所で、重いものが見あたらないときは、何かが水底に沈めてあると考えてまず狂《くる》いはありません。

この見とおしは、少なくとも試《ため》してみるだけの価値はありますから、エームズに頼《たの》んでこの部屋へ入れてもらい、ワトスン博士のコウモリ傘《がさ》の柄《え》の曲ったのを使って、昨晩この包みを引きあげて調べてみたのです。しかし何よりも大切なのは、誰がこれを沈めたかという点です。

これは、明日堀を掻《か》いぼりすると通告することによって、いとも簡単に目的が達せられました。もちろんこの通告は、これを隠《かく》したものに、暗くなるのを待って、これを引きあげさせるためです。暗夜を利用したのが誰であるか、少なくとも八つの眼《め》が見とどけているのです。だからバーカーさん、こんどはあなたが何かいう番ですよ」

シャーロック・ホームズはずぶぬれの包みをテーブルのうえのランプのそばへおいて、ひもをとき、なかから鉄亜鈴を一つとりだし、すみの片われのところへごろりと転《ころ》がした。つぎに靴を一足とりだし、底をかえしてみせて、「ごらんのとおりアメリカ製です」といった。それからさやにおさめた長い恐ろしげなナイフをとりだし、最後に包みをすっかりひろげて、下着、靴下、ねずみいろのスコッチの服、短い黄いろいオーヴァーなど、上から下まですっかりそろった一人分の衣服をとりだしてみせた。

「平凡《へいぼん》な衣服ですが、ただオーヴァーはね、きわめて暗示的ですよ」

とホームズは光にかざして、細ながい指さきで弄《いじ》ってみせながら、

「ごらんなさい、この内ポケットは、裏の袋を深くして、短く切りつめた猟銃《りょうじゅう》が入れられるようになっています。首のうらに仕立屋の名入りの小布《こぎれ》が縫《ぬ》いつけてあります

――U・S・A・ヴァーミッサ町ニール服店。

私は午後から牧師館の図書室へ入りびたって有益にすごしてきましたが、つまりヴァーミッサというのはアメリカでも有数の鉄鉱および炭坑《たんこう》地方の山のうえにある小さな町だという知識を得てきたのです。

それについて思いだしますが、バーカーさん、ダグラスさんの先夫人は、炭坑地方に関係のあるようなことを、あなたはいいましたね。してみると死体のそばに落ちていた紙に、V. V. とあったのはヴァーミッサ谷（Vermissa Valley）のことで、この谷こそいつか聞いた〝恐怖《きょうふ》の谷〟すなわち死の密使を送ってよこしたところだと考えても、かならずしもこじつけじゃありますまい。ここまではまず明らかだと思うのですが、バーカーさん、どうしてもこれはあなたの説明を聞かなければならなくなりましたね」

ホームズのこの解説を聞いているあいだのセシル・バーカーの顔つきこそは、じつに見ものであった。その表情ゆたかな顔には、怒《いか》りと驚《おどろ》きと狼狽《ろうばい》と困惑と不決断がこもごも現われたのである。最後に彼は、やや毒のある皮肉でごまかそうとした。

「ホームズさんこそたいへんよくご存じのようですから、何ならもっと詳《くわ》しくうかがいたいものですね」

「ご所望《しょもう》とあれば、申しあげることはたくさんありますがね、あなたから進んでお話しねがったほうが、おだやかというものでしょう」

「どうかと思いますね。私として申しあげられることは、何かそこに秘密があるとしても、それは私の知ったことではない、したがって私からは何も申しあげられないということだけです」

「よろしい。どこまでもその線でがんばるおつもりなら、必要な書類をとりよせて、表むき逮捕《たいほ》のできるまで、あなたを監視《かんし》していなければなりません」

「どうなりと勝手にするさ」バーカーは怒った。

バーカーに関するかぎり、ほかに処置はないらしい。あのがんこな顔を見たら、たとえ拷問《ごうもん》にかけてみても初志をひるがえさせられないのが、よくわかるからである。しかし、そのとき女性の声によってこの行きづまりが打開された。ほそ目にあいていたドアのすきから立ち聞きしていたダグラス夫人がはいってきたのである。

「セシルさん、それだけやっていただけば私たち何も申すことはありませんわ。これからどんなことになるにしましても、あなたのせいじゃありません」

「そうですとも、十分すぎるくらいです」ホームズは厳粛《げんしゅく》にいった。「私は奥《おく》さんに深く同情するものですが、あなたが司法権の常識に信頼《しんらい》をおき、警察を信じて自発的に協力されることを、強く勧告《かんこく》します。あなたがワトスン君を通してせっかく暗示されましたのに、それを取りあげなかったのは、私も悪いかもしれませんけれど、当時私としては、あなたはこんどの犯罪の直接関係者だと信ずべき理由を持っていたからです。

しかし今はちがいます。ちがうことは違《ちが》いますけれども、まだ説明を要することもたくさんのこっています。ですから私は、夫君ダグラスさんの口から直接説明が聞けるように、あなたからお願いしてくださることを、つよく要望します」

ホームズの意外な言葉に、ダグラス夫人はびっくりして声をたてた。警部たちや私も、まるで壁《かべ》のなかからでも現われたように、一人の男がすみの暗がりから出てきて、こちらへ近づくのを認めたときは、思わず声をたてたのである。ダグラス夫人はいきなりその男に両手ですがりついた。セシル・バーカーは、その男のさしのべた手をかたく握《にぎ》った。

「よかったわ。これでいいのよ」

「そうですとも。出ていらっしゃるのが何よりなことは、いまにわかりますよ」夫人のあとからホームズもいった。

その男は、急に明るいところへ出たので眩《まぶ》しいとでもいうのか、眼をぱちぱちやりながら私たちに対した。自信のある灰いろの眼、短く刈《か》りこんだ半白の力づよいひげ、角ばって突《つ》き出したあご、おどけた口もとなど、非凡な顔だちである。私たちをとっくり見まわしてから、驚いたことには、私のそばへ歩みよって、一束《たば》の書類を手わたしていった。

「あなたのことはうけたまわっています」純粋《じゅんすい》な英語でもなければ、アメリカ口調ともいえないけれど、それでいて柔《やわ》らかく親しみのもてる言葉つきである。「あなたはこのなかでの歴史家です。しかしこんどのようなおもしろい話は書いたことがありますまい。その点は私がたいこ判をおしますよ。書きかたはあなたの自由だが、粗筋《あらすじ》はそれに詳しく書いてあります。これさえありゃ、世間をうならせること請《う》けあいです。こいつは私が二日間も穴のなかへ閉じこめられているあいだに、光さえさしこめば朝から晩まで休みもしないで、一心に書きつづけたものです。〝恐怖の谷〟の話ですよ」

「その話なら昔話《むかしばなし》ですね、ダグラスさん」ホームズが静かにいった。「私たちの希望するのは、さしあたって現在の話ですよ」

「それも話しますよ。タバコをのみながらでいいですか？　ありがとう。ホームズさんもたしかタバコはあがられますな。それだったら、ポケットのなかにタバコはあるのに、においでわかるのがこわいから、のまずに二日間も辛抱するのがどんなものだか、おわかりになるでしょう」

ダグラスは、マントルピースによりかかり、ホームズからもらった葉巻をすぱすぱやった。

「ホームズさんのことも聞いちゃいますが、そのホームズさんに会うことになろうたあ、夢《ゆめ》にも思いませんでしたよ。しかしあんなものを」と私の手にした書類のほうへあごをしゃくって、「すっかり読まないだって、私の話の毛いろが変っているのが、あなたにはおわかりでしょうがね」

マクドナルド警部はいかにも不思議でならないという顔つきで、この新来の男をまじまじと見つめていた。

「これはどうも驚いた！　あなたがバールストン館《やかた》のジョン・ダグラスさんだとしたら、われわれが二日間にわたって熱心に調べていたのは、いったい誰《だれ》の死体ですね？　あなたはいったいどこから出てきたんです？　まるでびっくり箱《ばこ》からでも出てきたとしか思われませんよ」

「それはね、マック君」シャーロック・ホームズは、しかりつけるように人さし指を警部のほうへ振りながらいった。「チャールズ王が隠れたというこの地のいわれを書いたものがせっかくあるのに、あなたが読もうとしないからですよ。安心のできる隠れ場所というものがないから、近ごろの人はあまり身を隠すということをしませんが、昔有効に使えた隠れ場所なら、いまでも使えるはずです。私はダグラスさんがこの家のなかにいるものと確信していました」

「それを知りながら、いつからわれわれに隠していたんです？」警部は食ってかかった。「われわれの努力をむだなことだと知りながら、いつから黙《だま》って見ていたんです？」

「見てなんかいやしませんよ。私はゆうべになってやっとこの結論に達したにすぎません。しかも今晩までそれを立証したくても方法がなかった。だから今朝あなたがたに、一日だけ休養をなさいとお勧めしたのです。ほかに方法がないじゃありませんか。これよりさき堀の底に服が沈めてあるのを知って、書斎《しょさい》でわれわれの見た死体がジョン・ダグラスさんではなくて、タンブリッジ・ウエルズからきた自転車乗りにちがいないということだけは、すぐにわかりました。そうとよりほかに考えられません。そこで問題は、ダグラスさんの所在ですが、かれこれ確率を勘案《かんあん》してみるに、夫人と友人の黙認《もくにん》のもとに、亡命者さえかくまったという家のことですから、どこかに隠れていて、騒《さわ》ぎが少し鎮《しず》まるのを待って、ひそかに逃《に》げだす気だということがわかりました」

「だいたいのことはご推察があたっています」ダグラスは是認《ぜにん》して、「私はイギリスの法律のことはよく知らないから、何とかして身を躱《かわ》したいものだと思った。それにはこんな探偵《たんてい》の眼なんかくらませる自信もあったのです。ただはっきり言っておきますが、私は恥《は》ずべきことなんか一つもやってやしません。こんどのような場合には、いつでも同じことをやるつもりです。

が、いいか悪いかは、私の話を聞いてから、判断していただきましょう。いや、警部さん、ご注意には及《およ》びませんよ。事実はあくまでも事実なんですから、出るところへ出てもそれで押し通しますよ。

事の起こりからいうのはやめておきましょう。それはあれに」とまたしても私の手にある書きものを指して、「詳しく書いておきましたからね。読んでみてください。おもしろいですよ。簡単にいえばこうです。私を憎《にく》む理由のある一団の人物があって、彼らは私を追いつめるためなら、どんな苦労をもいとわぬ連中です。だから私としては、この連中の生きているかぎり、この世に安全な場所はないのです。

彼らはシカゴからカリフォルニアへと私を狩《か》りたて、ついにアメリカから追い出してしまいました。こっちはしかし、結婚《けっこん》してイギリスのこの静かないなかへ落ちついてからは、これで平穏《へいおん》な晩年が送れそうだと思っていました。

妻には事情を話したことがありません。話して聞かせたって何になりましょう。ただ心配をさせ、苦労をかけるだけのことです。しかし何かおぼろげには知っていたらしい。おりにふれての私の言葉の一端《いったん》から、綜合《そうごう》したのですね。とはいっても、昨日まで――あなたがたに会うまでは、ほんとうのことは何も知らなかったのです。

妻は知っているだけのことは、すべてあなたがたに話しました。ここにいるバーカー君とても同様です。それは、こんどのことの起こった晩にも、私から詳しいことを説明しているひまがなかったからです。いまは何もかも知っています。私としては、もっと早く妻には説明しておくほうが利口だったと後悔《こうかい》しています。でもねえ、なかなか言えなくてねえ」とダグラスはちょっと夫人の手をとって、「私としてはあれで精いっぱいだったんだ。

さて、あの前日に私はタンブリッジ・ウエルズの町へいって、路上である人物をかいま見ました。ちらと見ただけですけれど、そういうことには元来眼ざといほうだから、誰だかはっきりわかりました。私をねらう一味のなかでも、いちばんの強敵、トナカイを追いまわす飢《う》えたオオカミのようにこの年月つけねらっていたやつです。

これで私には面倒《めんどう》なことの起こりそうなのがわかったから、すぐ家へ帰って、用意をしました。十分勝ちぬく成算はあるつもりでした。アメリカ時代にも、私の幸運が大きな評判になったりしたくらいですからね。いまでもそのとおりであることを疑わなかったのです。

つぎの日は朝から用心して、外園には一度も出てゆきませんでした。出なくてよかったのです。出てでもいようものならこっちの近よる前に、あのシカうち銃でずどんとやられていたのです。橋をあげてからは、今までだって夕がた橋をあげてからは、ぐっと心が休まったものですが、その男のことなぞけろりと忘れてしまいました。まさか家のなかへまぎれこんで隠れていようなどとは、夢にも思ってなかったのです。

しかしまい晩の習慣で、ガウンのままで家のなかを見まわり、書斎へはいったときは、すぐに危険を感知しました。人間というものは、生命にかかわるほどの危険のあるときは、――私は人一倍そういう経験がありますが――一種の第六感がはたらいて、赤旗を振《ふ》ってくれるようです。

その晩も私ははっきり危険信号を感知しましたが、なぜだか、口ではいえません。はっと思ったとたんに、しかし、私は窓のカーテンのうしろに靴を発見して、これだなと思いました。

手にしているのはろうそく一本ですけれど、ドアがあいているから、ホールの灯火《あかり》が流れこんでいます。私はろうそくをおいて、マントルピースにおいてあった金づちにとびつきました。同時に、向こうは私に跳《おど》りかかりました。ナイフがきらりと光りました。私は金づちを振りおろしました。どこか当ったとみえて、相手はナイフをぽろりと落としました。そしてうなぎのようにすばやくテーブルを回って逃げたと思うと、オーヴァーの下から鉄砲《てっぽう》をぬきだしました。カチリと打金をおこすのが聞こえたから、射《う》たれては大変と、私は鉄砲にむしゃぶりつきました。私の握ったのは銃身のほうでしたが、そうやって一、二分間ももみあっていましたろうか、手を放したほうが殺されるのですから、相手もしっかり握っていましたが、あいつが台じりを下に向けて持っていすぎたのが悪かったのでしょう。私の手が引金にかかったのか、それとももみあう拍子《ひょうし》にどこかへひっ掛《かか》りでもしたのですか、とにかく二発ともまっ正面から顔にうけてしまいました。気がついてみたら、テッド・ボールドウィンは私の足もとに倒《たお》れていました。町で見かけたときから、あいつとはよくわかっていたし、ことに私に跳りかかったときも、はっきり顔はみたのですが、こうなったら生みの母にだって、どこの誰ともわかりゃしません。私もずいぶん荒っぽいことに慣れちゃいますけれど、ぐしゃりと潰《つぶ》れた顔をみたときは、ほんとに胸がわるくなりました。

テーブルの横につかまってぼんやりしているところへ、バーカー君が急いで降りてきました。妻の足音も聞こえます。そこで私はドアのところへ飛びだし、妻を押《お》しとめました。女なんかに見せるべきものじゃありません。すぐあとから行くから、二階へ帰っていろといったのです。それからバーカー君にも何かいいました――ひと目で何もかも見てとっていました――そしてみんなが出てくるだろうと思って、待っていたのですが、誰もくる様子がありません。それで音が聞こえなかったのだということがわかりました。このことを知っているのは私たちだけだとわかったのです。

そのときはじめて私にいい思案が浮《う》かびました。われながら驚くほどの名案です。何かというと、テッドはそでがめくれあがって、腕《うで》に支部の焼印がみえていたのです。見てください」

いまはダグラスとわかった男は、そでをめくりあげて、死体の腕にあったのとまったくおなじ赤ぐろい丸に三角をだしてみせた。

「これを見たから思いついたのです。見たとたんに、はっとその考えが浮かんだのですね。

いったいテッドは背たけといい、からだつきといい、かみのいろといい、私にそっくりです。顔はあのとおりですから、誰にも見わけがつきゃしません。私はあいつの服を脱がせて、バーカー君と二人で十五分ばかりかかって私のガウンを着せ、ごらんになったとおりの姿勢でころがしておいたのです。それから脱がした服をひとまとめにして、ほかに重いものが見あたらないままに、鉄亜鈴《ダンベル》を一つ入れて窓から堀《ほり》へ投げこんだのです。

彼《かれ》の倒れていた場所に、私の死体のそばへ残しておくつもりで持ってきた紙片が落ちていましたから、それを死体の上において、指輪をはずして彼の指にはめてやりました。でも結婚指輪だけは」と強そうな手をだしてみせて、「いくら何でもねえ。こいつは結婚以来一度だって抜《ぬ》いたことのない品だし、ヤスリでも使わないことにゃ、抜けっこありませんからねえ。

とにかく、こいつまで抜く気にゃならなかったけれど、もしかりに抜こうとしても、そうはできなかったわけです。それでこいつばかりはそのままにしておいて、そのかわりにばんそうこうをとってきて、私がいまはっているのと同じ場所に、小さくはってやりました。さすがのホームズさんも、あればっかりは抜かりましたよ。あそこでもしあのばんそうこうをはがしてみていたら、傷なんかなかったのですがね。

まあざっとこんなわけで、私としてはしばらくうまく隠《かく》れおおせたら、そっと抜けだしてどこかで妻と落ちあい、余生を平穏におくれるはずだったのです。私が生きていると知るかぎり、悪魔《あくま》たちはどこまでも追及をやめないでしょうけれど、テッド・ボールドウィンが目的を達したことを新聞で知れば、私はもう安心していられます。バーカー君や妻に詳しいことを説明している暇《ひま》はなかったけれど、二人ともよくわかってくれて私に協力してくれました。この隠れ場所のことを私が知っていたのはもとよりとして、エームズも知ってはいましたけれど、あとはいっさいバーカー君にまかせたのです。

そこでバーカー君がどうしたか、その点はもうおわかりのことと思います。まず窓を開けはなって、そこから犯人が逃げたように見せかけるため、窓台に血のあとをつけました。ずいぶん虫のいい話ですが、橋があがっているのですから、そうでもするしかなかったでしょう。

すっかり準備ができると、思いきってベルを鳴らしました。それからのことは、いまさら私から説明するまでもありますまい。このうえは存分のお計らいを待つしかありませんが、私としては何もかも、ありのままを正直に申しあげたのです。神よ、われを助けたまえ。私として知りたいことは、イギリスの法律で私がどう遇《ぐう》せられるかという点です」

しばらく沈黙《ちんもく》がつづいたが、シャーロック・ホームズがまずそれを破った。

「イギリスの法律は大体において公正です。あなたは罪科以上の重い処罰《しょばつ》をうけることはないでしょう。それにしてもお尋《たず》ねしたいのは、あなたがここにお住みのことを、相手はどうして知ったでしょうか？　またどうやって家のなかへ忍《しの》びこんだり、隠れてあなたを待ちぶせるによい場所を知ったのでしょう？」

「そういう点はまったくわかりません」

ホームズの顔は青く、沈《しず》んでいた。

「話はこれで終ったわけじゃなかろうと思いますよ。あなたとしてはイギリスの法律よりも、アメリカからの敵よりも、もっと恐《おそ》るべき危難に遭遇《そうぐう》するかもしれませんよ。私にはそれが見える気がします。悪いことは申しませんから、警戒《けいかい》をゆるめないがいいですね」

さてここで、私は辛抱《しんぼう》づよい読者諸君に向かって、しばらくは私とともにサセックス州のバールストンの領主館からも、ジョン・ダグラスと名乗る男の奇妙《きみょう》な話で終った一連のできごとのあった年とも別れていただきたいとお願いする。時間でいえば二十年まえ、空間的には数千マイル西方にうつって、私はきわめて不思議で恐ろしい話――ほんとうにあったことを、ありのままに述べるのだが、とても事実とは信じてもらえそうもないほど恐ろしい一つの物語を展開してお目にかけたい。

一つの話を片づけもしないでおいて、ほかの話を押しつける気かなどと早まらないでいただきたい。そのことは、読みすすむにつれてわかってもらえると思う。私がこの遠い昔に遠隔《えんかく》の地であったことを詳《くわ》しく話しおわり、諸君が過去のそのミステリーを解決しえたら、私たちはふたたびベーカー街のこの部屋に落ちあって、これまでの多くの不思議な事件とおなじように、そこで話の結末をつけることにしよう。

第二部　スコウラーズ

第八章 その男

一八七五年二月四日のことである。その冬は寒さがきびしく、ギルマートン連山の谷あいは雪が深かったが、鉄道線路だけは除雪車でかきのけてあった。炭坑《たんこう》と製鉄所のための多くの部落をつなぐスタグヴィル発の夜行列車が、ヴァーミッサ谷の上方にあるこのへんの中心地ヴァーミッサの町をさして、急傾斜《きゅうけいしゃ》をあえぎながら登っていた。ここからバートン交差点へかけて線路は下りで、ヘルムデールをすぎ、純然たる農業地のマートンへと通じている。鉄道は単線だけれど、いたるところに側線があって、石炭や鉄鉱を満載《まんさい》したおびただしい数の貨車が行列をしており、地下に埋蔵《まいぞう》された豊富な資源が、アメリカ合衆国でもとりわけ人煙《じんえん》まれだったこの地方に、多くの荒《あら》くれ男どもを引きつけ、一種の繁栄《はんえい》を来たしていることを語っていた。

以前はたしかに人跡《じんせき》まれな土地だった。この地方へ初めて足を踏《ふ》みいれた人たちで、どんなにみごとな大平原や、水利のある豊かな牧場適地でも、ここのくろぐろとしたがけ地やふかい森林地帯にくらべたら、無価値にひとしいのだなぞと気のついたものはあまりない。仰《あお》げば暗い、どうかするとはいることすらできない深い森林に覆《おお》われた山腹があり、山の頂上は樹木もなく、右も左もなく白雪におおわれたけわしい岩山がそびえ、そのあいだに曲りくねった谷がえんえんと続き、そこを小さな汽車がのろのろとあえぎ登っているのである。

二、三十人客の乗っているだけの、さむざむとした長い客車は、いま石油ランプに火を入れたところだった。客の大部分は、谷底のほうで一日の苦役《くえき》をすませ、帰ってゆく労働者たちである。このなかで少なくとも十二、三人は、ものすごい顔つきや、安全灯を持っているところから、坑夫だとわかる。彼《かれ》らは一団となってタバコなどやりながら、低い声で何か話しあい、そのあいだにときどき、反対がわのほうへ着席している二人の男をぬすみ見た。制服とバッジで巡査《じゅんさ》とわかる男である。

そのほかの乗客といったら労働階級の女が数人、地方の小さい商店の主人と思われる旅の男が二人ばかり、ほかにはすみのほうに一人ぽつねんとすわっている若い男がいるだけである。この話に関係のあるのは、最後にいった若い男なのだから、よく見ることにしよう。見るだけの値うちのある男だ。

顔いろの生き生きとした中肉中背の男で、三十を越《こ》したばかりだろう。大きくて利口そうな、怒《おこ》りっぽそうな灰いろの眼《め》をきょろつかせ、眼鏡をとおして、もの珍《めずら》しそうにたえずあたりの人たちを見まわしている。その様子から、人づきあいのよい、おそらくごく素直《すなお》な男で、誰《だれ》とでも親しくなりたがっているものと見てとれた。誰でも一目で彼を、話ずきで軽口をたたいたりすぐ笑ったりする男だと思うだろう。だが、なおいっそうよく観察する人は、がっしりしたあごの線や、きりりと締《し》まった口もとなどに、この一見平凡《へいぼん》なアイルランド人が、見かけによらぬ深みをもち、どんな社会へはいっていっても、よかれ悪《あ》しかれ名をあげる人物であるのを見てとるかもしれない。

手ぢかの坑夫に二こと三こと話しかけてみたが、ぶっきら棒な返事をするだけで相手にされないので、苦りきってそれきり口をつぐみ、暮《く》れゆく窓外の景色にうかぬ眼をうつした。窓外はおもしろくもない鉱山風景である。深まりゆく夕やみをとおして、丘《おか》の中腹に溶鉱炉《ようこうろ》のはく火炎《かえん》が息づき、両がわにうずたかく積みあげられたくず鉱と石炭殻《せきたんがら》の山、そのうえに竪坑《たてこう》の高いやぐらがそびえていた。

谷あいにそって、あちこちに木造の粗末《そまつ》な家がこせこせとならび、窓に灯火《あかり》がさしはじめている。汽車がちょいちょい停《と》まるごとに、あたりはどす黒い人たちでにぎわった。ヴァーミッサ地方の石炭と鉄の谷は、有閑人《ゆうかんじん》や教養ある人の来るところではないのである。どっちを向いても粗野な人生の闘《たたか》いのきびしい象徴《しょうちょう》でないものはなく、眼につくのは荒い仕事、それに従事する粗暴でたくましい労働者ばかりである。

旅の若ものは、この地へ来たのは初めてだとみえて、まゆをひそめながらも、興味をおぼえるらしく、ひっきりなしにポケットから厚ぼったい手紙をとりだしては参照し、またその余白になにか書きこんだ。やがて彼は腰《こし》のうしろに手をまわして、およそこんな穏《おだ》やかそうな男が持っていようとは思いもよらないものを取りだした。もっとも大型の海軍用回転胴式《かいてんどうしき》のピストルである。あかりのほうへ斜《なな》めにかざしたので、鼓胴のなかで薬莢《やっきょう》の円辺がぴかりと光って、全弾装塡《ぜんだんそうてん》してあるのがわかった。すぐにどこかのポケットへおさめはしたが、となりの座席にいた労働者に眼ざとくも見られてしまった。

「おや、兄弟、用意がいいんだね」

若ものは困ったような微笑《びしょう》をうかべて、

「今までいたところじゃ、こいつの要《い》ることもあったんでね」

「どこだね？」

「シカゴから来たのさ」

「ここいらは初めてかい？」

「そうさ」

「ここでも要ることがあるだろうよ」

「うむ、そうかい？」若ものは急に興味をおぼえたらしい。

「この土地のことは、何も聞いたことないのかい？」

「べつに変った話は聞いちゃいないな」

「へえ！　どこへいっても評判だろうと思ってたがな。いや、どうせすぐにわかることだ。なんで来なすったね？」

「働きたいものには、いつでも仕事があると聞いたもんだからよ」

「労働組合へはいっていなさるんだろうね？」

「はいっているさ」

「じゃ何かあるだろうよ。友だちでもあるのかね？」

「まだないけれど、できる手づるはある」

「どんな手づるだね？」

「おれは『自由民団』のものだが、どこへ行っても支部というものがある。支部さえありゃ、友だちなんざすぐできるさ」

この言葉に、不思議な効果をあらわした。相手は疑《うたぐ》りぶかい眼つきで車内の人々の様子をうかがった。坑夫たちは相変らずひそひそと話しあっているし、二人の巡査はいねむりをはじめている。そこで相手はこちらがわへ席をうつして、若ものに手をのべた。

「手をだせよ」

二人はかたく握手《あくしゅ》をかわした。

「おめえのいうことはうそじゃないと思うが、たしかめておくに越したことはないでな」そういって彼は右手で右のまゆ毛をおさえた。すると他国の若ものも、左手で左のまゆ毛をおさえてみせた。

「暗い晩はいやなものだ」労働者がいうと、

「そうさ、不なれな他国のものにはな」若ものが応じた。

「文句なしだ。おれはヴァーミッサ谷の三四一支部の団員スカンランだ。ここで会えたのを喜んでいるよ」

「ありがとう。おれはシカゴの二九支部の団員ジョン・マクマードだ。支部長はJ・H・スコット。それにしてもこんなに早く同志に会えるとは運がよかったよ」

「なに、このへんにも同志は多いからな。アメリカでもヴァーミッサ谷ほど団の活動のさかんなところはあるまいよ。だがおめえみてえな若いのなら、いくら来ても大丈《だいじょう》夫《ぶ》だ。それにしてもおめえみてえな頼《たの》もしい男が、労働組合にへえっていながら、シカゴで仕事がねえとはどうしたもんだな？」

「仕事はいくらもあったさ」

「じゃなぜやって来たんだね？」

マクマードは巡査のほうへあごをしゃくってみせていった。「そのことなら、あの連中が知ったら喜ぶことだろうよ」

「うむ、なにかやらかしたのか？」スカンランは低い声できいた。

「やらかしたのなんのって」

「懲役《ちょうえき》になりそうか？」

「それも軽くはすむまいよ」

「殺したんじゃあるまいな？」

「そんなことしゃべるのはまだ早い」とマクマードはうっかり言いすぎたのを後悔《こうかい》するようにいった。「シカゴを立ちのいたのにゃ、ちゃんとしたわけがあるんだ。それから先は尋《き》かないでもらいたい。そんなことを立ちいって尋くお前さんはいったい何だね？」眼鏡のおくで灰いろの眼が、怒ったようにきらりと光った。

「わかったよ。悪気で尋いたんじゃねえ。おめえが何をしようと、誰も悪く思うものなぞありゃしねえ。でどこへ行くんだね？」

「ヴァーミッサだ」

「そいつは三つ目の駅だ。宿はどこなんだ？」

マクマードは封筒《ふうとう》をだして、うす暗い石油ランプにかざしてみた。

「ここに処《ところ》書《が》きがある。シェリダン街のジェイコブ・シャフターというんだ。シカゴで知りあいのものが教えてくれた下宿さ」

「さあ、そんな下宿は聞いたことがねえが、もっともヴァーミッサはおれの縄《なわ》ばりじゃねえからな。おれはホブスン平《だいら》に住んでいるから、つぎの駅で降りるが、別れるまえにひと言注意しとくことがある。もしヴァーミッサで何かあったら、ユニオン・ハウスのマギンティ親分のところへ行くといい。ヴァーミッサ支部の支部長だ。この土地じゃ黒ジャックのマギンティがうんといわなきゃ、なんにもできやしねえ。じゃこれで別れるぜ、兄弟。いつか支部で会うこともあるだろう。くれぐれもいっとくが、困ったときはマギンティ親分のところへ行くのを忘れなさんなや」

スカンランが下車していったので、とり残されたマクマードはまた一人で考えに沈《しず》んだ。日はとっぷり暮れて、多くの溶鉱炉が夜空にうなりながら白熱のほのおをはきつづけていた。その青じろい背景のなかに、大小の巻揚機《まきあげき》の操作につれて、永遠の騒《そう》音《おん》のリズムにのって黒い人影《ひとかげ》がからだを曲げ、力をしぼり、ねじり、右往左往している。

「地獄《じごく》ってこんなところなんだろうか？」誰かのいうのが聞こえた。マクマードが振《ふ》りかえってみると、巡査の一人がすわりなおして、窓外のまっ赤な光景を眺《なが》めていた。

「なんだろうかどころか、そっくりだよ」相手の巡査がいった。「ここにはわれわれの聞いている以上の悪魔《あくま》がいたって、べつに不思議だとも思わないよ。君はこの地方は初めてなんだね、若いの？」

「ならどうしたというんですかい？」マクマードはむっつりと答えた。

「なにね、そうならめったな男と仲よくしないがいいと忠告したいと思ってね。僕《ぼく》だったらマイク・スカンランやあの一味のものと親しくなんかしないな」

「おれが誰と親しくしようと、大きなお世話じゃないか！」マクマードがどなりつけたので、車内の顔がいっせいにこっちへ向けられた。「おれがいつそんなことを頼んだというんだ？　赤ん坊《ぼう》じゃあるまいし、そんなことまで教えてもらうにゃ及《およ》ばないよ。君たちは何か尋かれたときだけ答えればいいんだ。あいにくだが、おれだったら当分なにも尋くことなんかないぜ」

彼は顔を突《つ》きだし気味にして、犬のいがむように歯をむいてみせた。

鈍重《どんじゅう》で人のいい二人の巡査は、せっかくの好意が猛烈《もうれつ》にはね返されたので、面くらってしまった。

「そう怒らんでもよかろう。君はこの土地は初めての人らしいから、よかれと思って注意したまでだよ」

「なるほどこの土地にゃ新参《しんざん》だが、君たちの仲間は初めてじゃない」マクマードは冷やかに毒づいた。「頼みもしないのに注意したり、君たちの仲間はどこへいっても同じらしいや」

「近いうちにちょくちょくお目にかかるようになるかな」別の巡査がにやりとしていった。「見うけるところ、どうやら唯《ただ》ものじゃないようだ」

「僕もそう思っていたところだ。いずれお目にかかるだろうな」はじめの巡査がいった。

「ちっともこわかないよ。おれはそんな男じゃないさ。名まえはジャック・マクマードというんだ。用があったらヴァーミッサのシェリダン街でジェイコブ・シャフターという下宿へ来てもらいたい。逃《に》げも隠《かく》れもしやしない。夜だろうと昼だろうと、君たちを見て顔をそむけるようなことはしやしない。その点は誤解のないようにしてもらいたいね」

坑夫たちは、二人の巡査が肩《かた》をすくめたきりで、自分たちだけで話をはじめたのを見て、この新来者の豪胆《ごうたん》なふるまいに感心し、ほめたたえるのでざわめいた。

それから数分で、汽車がうす暗い駅へ着くと、大半のお客はぞろぞろと降りた。ヴァーミッサはこの線で最大の町だからである。マクマードは皮の手提《てさ》げかばんをもって、暗いなかを歩きだそうとすると、坑夫の一人に話しかけられた。

「よう、兄弟、おめえの巡的の扱《あしら》いかたは手に入ったもんだな」とおそれうやまう様子でいった。「聞いてて胸がすっとしたね。さあ、かばんをだしなせえ、案内しよう。シャフターの家なら帰り途《みち》だからな」

プラットホームを去りゆく坑夫たちの口からいっせいに「さようなら」の声がおこった。ヴァーミッサへ下車して一歩も歩かないうちに、乱暴ものマクマードはすでにこの地の人気ものになっていたのである。

谷間の光景も恐《おそ》ろしいけれど、町のなかの様子もそれなりに陰惨《いんさん》なものだった。長い谷あいにそって、大きな火のかたまりや立ちのぼる煙《けむり》には、少なくとも一種の暗澹《あんたん》たる威容《いよう》があり、山々の中腹には、人間のたゆまぬ勤勉が大きな発掘《はっくつ》を行なったそばに、巨大《きょだい》な記念物を作りあげているのも、目をみはらせた。

これに反して町うちには、どっちをみても下品な見苦しさと不潔さがあるばかりだった。ひろい街路は往来の車馬で積雪がかきまぜられ、どろといっしょになってものすごくぬかっている。歩道はせまくてでこぼこだった。おびただしい数のガス燈《とう》は、申しあわせたように表に面してヴェランダのある汚《きた》ならしい木造家屋の列を、照らしだすだけだった。

やがて二人が町の中心部に近づくと、明るく照明された商店や、それにもまして数の多い酒場や賭博場《とばくじょう》で、街はやや明るくなってきた。坑夫たちは、苦労してもうけたたくさんの賃銀を、そんな家で費消してしまうのである。

「あれがユニオン・ハウスだ」案内者はホテルかと思うばかりに立派な酒場を指して、「ジャック・マギンティはあそこの親方だ」

「どんな男なんだね?」

「どんなって、おめえ親方のうわさ聞いたことがないのかい?」

「この土地は初めてとわかっているのに、そんなこと知るはずがないじゃないか」

「うむ、組合をとおしてわかっているかと思ったんだ。それに新聞にしょっちゅう名が出ているしな」

「なんでそう名が出るんだ?」

「事件のほうでよ」


「それがね」と坑夫は声を落とした。「事件のほうでよ」

「何の事件だ？」

「こりゃ驚《おどろ》いたな。怒っちゃ困るが、おめえはよっぽど変ってるよ。この土地で事件といや、きまってらあな。それ、スコウラーズの事件よ」

「ふむ、そういえばシカゴで読んだことがあるようだ。殺人団のことじゃないかい？」

「しっ、声が高い！」坑夫はびっくりして相手の顔を見つめた。「街でうっかりそんなことを口にしようもんなら、ここじゃ命がいくつあっても足りねえぜ。そうでなくたって、殺された連中がいくらもあるんだからな」

「そんなことは知りゃしないがね、ただ読んだことを知っているだけさ」

「おめえの読んだことが間違《まちが》っているというんじゃないがね」坑夫は心配そうにあたりを見まわし、誰か聞いていないかと暗がりに眼をくばった。「息の根をたつのが殺人なら、この土地にゃあり余るほどあることだ。だが若えの、なにを忘れてもそいつをジャック・マギンティとむすびつけてはしゃべらねえことだね。どこでしゃべってもすぐ本人の耳にはいるし、はいった以上捨ててはおかねえ男だからね。ほら、あそこにあるのがおめえの行きさきだ――通りから引っこんで建ってるあの家がさ。おやじのジェイコブ・シャフターはこの町にゃ珍《めずら》しい正直な男さ」

「ありがとう」マクマードはここでいっしょにあるいてきた男と握手をかわすと、かばんを手にして、露地《ろじ》をはいってゆき、入口を大きくたたいた。するとすぐに戸があいて、思いもかけない人物が顔をあらわした。それは若くてたいそう美しい女だったのである。どうやらスエーデン型のブロンドで、いろ白の金髪だが、どうしたものか眼《め》は黒っぽかった。その黒眼で彼女《かのじょ》はさも意外らしく若ものを見つめ、きまり悪そうに青じろいほおをぽっとそめた。

開けはなった明るい戸口に立つ彼女が、マクマードの眼にはまたとなく美しいものにうつった。あたりの汚ならしさのなかで、ひときわ目だってみえた。ボタ山のいただきが、ほんのりと紫《むらさき》いろに光っているのを、美しいと思ってみてきたが、この女に比べたらものの数でもない。あまりの美しさに口をきくのも忘れてうっとりとしていると、女のほうから言葉をかけた。

「父が帰ったのだと思ったわ」気持のよいスエーデンなまりがかすかにあった。「父にご用なんでしょ？　町へ行っていますの。でももう帰る時分ですわ」

マクマードがほれぼれとまともに見つづけているので、彼女はけおされたように眼を伏《ふ》せた。

「いやお嬢《じょう》さん」やっと彼《かれ》は口をきいた。「急ぐわけじゃありません。ただお宅へ下宿させてもらうがよいと聞かされてきたものですからね。むろんよかろうと思ってきたんだが、来てみてすっかり気にいりましたよ」

「まあ、ずいぶんてきぱきしていらっしゃるのね」女は笑顔《えがお》でいった。

「眼のみえるものなら、いいか悪いかすぐわかりますさあね」

このお世辞に女は声をたてて笑った。

「どうぞおはいりなさいな。私はシャフターの娘《むすめ》のエティーです。母が亡《な》くなりましてから、私が家のことをしていますの。いまに父が帰りましょうから、表の間《ま》でストーヴにあたっていらっしゃるといいわ。あら、帰ってきましたわよ。父と話をおきめになるといいわ」

鈍重な初老の男が、とぼとぼと露地をはいってきた。マクマードは手短かに事情を話し、シカゴのマーフィという男から紹介《しょうかい》されてきたむねを告げた。マーフィもシャフターの名は、どこかで聞いてきたのである。

シャフター老人はすぐに引きうけた。若ものは条件については何もいわず、老人のいうなりにすべて承諾《しょうだく》した。金に不自由はないとみえる。部屋代に食事つきで一週十二ドルの前金である。

かくして法の逃亡者《とうぼうしゃ》と自称するマクマードは、シャフター家に寄寓《きぐう》するにいたり、ここに後年とおい国で最後の幕をおろすことになった暗い事件の連鎖《れんさ》の第一歩を踏《ふ》みだすこととなったのである。

第九章　支部長

マクマードはすぐに名をあげる男だった。どこへいっても、すぐ人に知られるのである。一週間にもならぬのに、彼はシャフターの下宿の大立者《おおだてもの》になっていた。十人余りもいる下宿人は、みんな堅気《かたぎ》の職長や平凡《へいぼん》な商店員などばかりで、この若いアイルランド人とはまったく畑ちがいだった。それが夜など一カ所に集まると、まず冗談《じょうだん》をいうのは彼だった。彼の話ぶりには精彩《せいさい》があり、歌もいちばんうまかった。誰《だれ》からも好かれて、いつとはなしに周囲に人を引きつける生まれながらの「よい仲間」だったのである。

それでありながら一方では、来るときの汽車のなかで示したように、彼は急にはげしく怒《おこ》りだすこともたびたびだったのに、人々はそのため尊敬の念をたかめ、恐れさえした。彼はまた法律やそれにつながるすべてのものに激《はげ》しい軽蔑《けいべつ》を示した。そのことは一部のものを喜ばせ、一部の同宿者には警戒《けいかい》の念をおこさせた。

彼は下宿の娘の美しさをあからさまに誉《ほ》めそやして、ひと目見た時から心を奪《うば》われたことを初めから表明した。恋愛《れんあい》にかけても彼はけっして内気でなかった。来て二日目には、もう彼女にそのことを告げ、相手がどんなによくない返事をしようとお構いなしに、それから毎日おなじことを繰《く》りかえした。

「ほかの男だって？　ふん、その男にゃお気の毒だが、気をつけたがよかろうよ。命をかけてのこの思いを、むざむざおれが捨てると思うのかい？　指をくわえてほかの野郎なんかにゆずれるかい！　おまえはいつまでも頭を横にふりつづけているが、いまにみろ、うんといわせてやる。おれだってまだ若いんだからな。急ぐこたあないさ」

このアイルランド人、口は達者だし、取りいるのはうまいし、求愛者としては警戒を要する人物だった。それに彼には経験と、他人から見れば底しれなさからくる魅力《みりょく》があり、それが女の興味をそそり、いつしか愛情にまで発展させてしまうのだ。

話せば彼の出身地モナガン州（訳注 アイルランド東北部）の美しい谷、遠隔《えんかく》のなつかしい島、なだらかな丘《おか》や緑の牧場などの話もあったが、それらは雪にとざされたこの汚ない町にいて想像すると、いやがうえにも美しいものに思われるのであった。

また彼は北方の町やデトロイトの生活だの、ミシガンの採木場だの、バッファローや製材工として働いていたシカゴの生活に通じていた。そのあとで話がロマンスがかって、シカゴでちょっと妙《みょう》なことが起こったのだが、あんまり不思議でもあり、それに個人的なことにもなるので、それはいえないともいった。そうして妙に悩《なや》ましそうに、急にそこを立ちのくことになり、古い絆《きずな》を断ちきって、知らぬ他国のこの寂《さび》しい山のなかへ来ることになったのだとむすんだ。エティーは黒い眼に同情をうかべ、息をこらして耳を傾《かたむ》けていた——いつでも恋愛に急進展をみせうる同情をこめて。

マクマードは帳簿係《ちょうぼがかり》の臨時仕事が見つかった。彼は教育があったのである。その仕事で一日の大部分をそとで費すので、『自由民団』の支部長のところへ顔を出してい る暇《ひま》がなかった。だがある晩、汽車のなかで知りあったおなじ団員のマイク・スカンランが訪ねてきたので、その怠慢《たいまん》を思いださせられた。

スカンランは小柄《こがら》で、けわしい顔つきの、気の弱そうな眼の黒い男だったが、再会をよろこんでいるらしかった。ウイスキーを一、二杯やると、さっそく来訪の目的を切りだした。

「ねえマクマード、おめえの下宿さきを覚えていたから、こうして押《お》しかけてきたんだが、おめえまだ支部長に申告《しんこく》してねえというじゃねえか。マギンティ親分のところへ顔出ししねえとはどうしたもんだね?」

「なに、仕事の口をさがさなきゃならないし、忙《いそが》しかったんだよ」

「ほかのことはともかく、親分のところへ行くくらいの暇が、まるでねえわけはねえだろう? ここへ着いたら翌朝イの一番にユニオン・ハウスへ行って、名まえを届けないなんて、正気のさたじゃねえや。支部長ににらまれでもしてみねえ――そんなことになっちゃたいへんだが――一巻の終りだぜ!」

マクマードはほどよく驚いてみせた。

「おれは団員になって二年のうえになるが、その規則がそんなにやかましいものだとは知らなかったな」

「シカゴじゃそうかもしれないさ」

「だって、同じ団体じゃないか」

「なに、同じだって?」スカンランはじっとマクマードを見つめた。何となくすごみのある眼つきである。

「違うというのかい?」

「ひと月もここにいてみたらわかるさ。おれが汽車を降りたあとで、おめえポリ公と話をしたそうだな」

「そんなことどうしてわかったんだ？」

「わかるさ——ここじゃいいことも悪いことも、すぐ知れわたるんだ」

「ふむ、話したよ。おれがあの連中をどう思っているか、教えてやったんだ」

「へえ！　じゃマギンティにゃ気に入られるだろうよ」

「なに、あの男も巡査《じゅんさ》を憎《にく》んでいるのかい？」

スカンランはふきだして笑った。

「とにかく行って会ってみなよ」と帰り支度《じたく》をしながら、「ポリ公もポリ公だが、行かねえでいると、おめえが憎まれることになる。悪いこたアいわねえから、すぐに行きな」

だがその晩のうちに、マクマードはべつの男との話が緊迫《きんぱく》したので、いよいよマギンティに会いにゆく必要に促《うなが》されることになった。それというのが、エティーにたいする態度がいよいよ露骨になってきたためか、それともさすが遅鈍《ちどん》なスエーデン生まれの下宿の亭主《ていしゅ》にも、いつとはなくそのことがわかってきたものか、原因はともかくとして、その夜シャフターおやじは彼を自分の部屋へ呼びこみ、歯に衣《きぬ》きせることなく、いきなりその問題を切りだしてきたのである。

「おめえさまはエティーを口説《くど》いてなさるようだが、ちがうかね？」

「御眼鏡のとおりだね」

「ならいうが、今日かぎりすっぱりとあきらめておもれえ申してえ。先口があるだ」

「エティーもそんなことをいっていたな」

「エティーのいうのはうそじゃねえだ。それでエティーは相手の名をいったかね？」

「尋《たず》ねても教えようとしなかった」

「そりゃいうまいさ。おめえさまを震《ふる》えあがらしては気の毒だと思っただね」

「震えあがるって？」マクマードはもう怒気《どき》を含《ふく》んでまっ赤になった。

「あいさ、怒りなさんな。震えあがったっておめえさまの恥《はじ》にゃならねえ。相手はなにしろテッド・ボールドウィンだからな」

「それがどうだというんだね？」

「スコウラーズのボスなんだ」

「スコウラーズだって？　聞いてはいる。あっちでもスコウラーズ、こっちでもスコウラーズ、いつでもこそこそ話しあっているが、何だってみんなそう恐れるんだ？　スコウラーズたあ、いったい何者なんだね！」

亭主は、この恐るべき結社のことを話すときは誰でもするように、本能的に声を落

として、

「スコウラーズとは『自由民団』のことだ」

若ものはぎくりとして、

「えッ！　それならおれも団員だ」

「おめえさまが？　そうと知ったら下宿なぞさせるじゃなかった——たとえ週百ドル出すといったってな」

「自由民団のどこが悪いんだ？　慈善《じぜん》と親睦《しんぼく》のためにあるんだ。規則にちゃんと謳《うた》ってある」

「よその土地のことは知らねえが、ここでは違うだ」

「じゃどういうんだね？」

「殺人団だね、ここじゃ」

「そんな証拠《しょうこ》でもあるのかね？」マクマードは笑いながらした。

「証拠だ？　人殺しが五十件もあっても、証拠にゃならねえのかい？　ミルマンやヴァン・ショーストはどうなったと思う？　それにニコルソン一家やハイアムのご老人、ビリー・ジェームズの坊《ぼう》やと、数えたらいくらでもある。それに証拠を出せとは！　男でも女でも、この谷でそれを知らねえものがあったら、お目にかかりてえだ」

「ねえ、とっつぁん！」マクマードは真剣《しんけん》みをおびていった。「いまいったことを取り消すか、それとももっと筋道のたつように話してもらいたい。どっちか実行してもらうまでは、おれはここを動かないつもりだ。

いいか、おれの身になってみてくれ。おれはこの土地は初めての旅のものだが、自分のはいっている結社に悪いところはないものと信じている。この結社はアメリカじゅう、東西南北どこへ行ってもあるが、けっして悪いことなんざしない。だからおれはここでも参加するつもりでいるのに、とっつぁんはそいつをスコウラーズとかいう殺人団と同じものだという。これじゃ間違いだったとおれに謝《あやま》るか、さもなけりゃ詳《くわ》しく説明してもらいたいもんだね、シャフターのとっつぁん」

「おれは世間の人のみんな知ってることをいってるだけだあ。一方のボスが、もう一つのほうのボスも兼《か》ねてるだ。片っぽうを怒らすと、もう一つのほうからひどい目にあわされる。それにゃ実例がいくつでもあるだ」

「そいつはただのうわささ。おれのいってるのは証拠だ」

「しばらくこの土地にいてみなせえ、証拠はすぐに見られるよ。だがおめえさまが団員たあ知らなんだ。いまにあの連中みたいに悪くなんなさるんだろ。どこかほかに下宿をさがしておもれえ申したいね。ここにおくわけにゃゆかねえ。そいつがエティーを口説きにくるのを、黙《だま》って見てなきゃならないのでさえ、いい加減まいっているのに、このうえ下宿人のなかにまでそれがいたんじゃ、たまったもんでねえ。今晩のところは仕方ないだが、おめえさま明日はかならず出ておくんなせえ」

マクマードはこれで落ちつくねぐらも愛する女も、いっぺんに失う羽目になった。その晩彼女が一人で居間《いま》にいるところをねらって、彼はその苦衷《くちゅう》を訴《うった》えた。

「お前のおやじはおれを追いだしにかかっている。部屋を追いたてられるだけならさほどでもないがね、エティー。お前とは一週間の知りあいでしかないけれど、お前はおれの生命《いのち》の泉だ。お前というものなしには、おれは生きていられない」

「何よ、マクマードさん！　そんなこというもんじゃないわ。わたしいったでしょ、あなたは遅《おそ》すぎたって？　まだあの人と約束《やくそく》こそしたわけじゃないけれど、そうかといって今さらほかの人と約束なんかできないわ」

「もしおれのほうの話がさきだったら、承知してもらえたろうか？」

「あなたが先だったらよかったのに！」とエティーは両手に顔をうずめて、すすり泣いた。

マクマードはすぐ女のまえにひざまずいて、

「お願いだ、そういうことにしてくれ！　そんな話のために、お前ばかりか、おれの生活まで台なしにする気か？　気ままにしたらいいんだよ。いいも悪いもわからずにした約束なんかに縛《しば》られるより、気ままにしたほうがいいんだ」

まっ黒なたくましい両手のなかに、エティーの白い片手を握《にぎ》りしめた。

「さ、お前はおれのものだといってくれ。二人でどんな難関でも切りぬけてゆこう」

「ここでじゃないわね？」

「いいや、ここでさ」

「だめよ、だめよ、ジャック！」両腕《りょううで》で抱きよせられたのである。「ここではだめなの。どこかへ連れて逃《に》げてくださらなくて？」

マクマードは一瞬《いっしゅん》苦しそうな顔をしたが、すぐに決然たる表情になっていった。

「なあに、ここでいいさ。ここにいて、あくまでもお前を守りぬいてみせるよ」

「なぜよそへ行っちゃいけないの？」

「ここを離《はな》れるわけにゆかないんだ」

「でもなぜなの？」

「恐《おそ》れて逃げだしたとあっちゃ、一生頭があがりはしないからな。それに恐れるって、何を恐れるんだ！　おれたちは自由な国の自由な市民じゃないか？　おたがいに愛しあっているのに、誰がそれを邪魔《じゃま》するというんだ？」

「あなたは知らないのよ、ジャック。あなたはここへ来てから間《ま》がないから、ボールドウィンがどんな男だか知らないのよ。マギンティや手下のスコウラーズのことを知らないのよ」

「そんなものは知りもしないが、恐れもしないぜ。何ができるもんか！　おれはずいぶん荒《あら》っぽい連中のなかで暮《く》らしてきたが、そいつらを恐れるどころか、いつでもやつらがおれを恐れだすのが落ちだった。いつだってそうだったよ。考えてみれば、ばかげた話さ。そいつらが、お前のおやじのいうように、この谷でつぎつぎと悪いことをしており、そのことを誰でも知っているのだったら、一人も罰《ばっ》せられたものがないのはどうしたことだ？　そのわけを聞こうじゃないか、エティー？」

「知ってても訴えて出る人がないからよ。そんなことをしたら、一カ月と生きてはいられないわ。それにたとえ問題になっても、すぐに仲間が証人に立って、その男ならその時刻には現場からずっと離れたところにいたと証言するから、だめなのよ。そんなことくらい、あなただって読んだことあるでしょ？　アメリカじゅうのどの新聞にだって出ていることだと思うわ」

「うむ、それはたしかに読んだことがある。だが作り話だろうと思っていたんだ。してみるとそういうことをするには、何かわけがあるのだろうか？　不当に害せられて、ほかに方法がないからやったことなのかもしれないな」

「いやいや、あなたの口からそんなこと聞きたくないわ。あの人も同じようなことをいうんですもの」

「ボールドウィンがかい？　ふむ、あいつもそんなことというのかい？」

「だからわたし、あの人がいやなのよ。ねえジャック、わたしほんとのことをいうわ。わたしあの人がいやでいやでたまらないの。それにこわいわ。私としても恐ろしいけれど、それよりも父のために恐れていますの。ほんとうに思っているとおりのことをいったら、わたしたちに何か大きな不幸が降りかかってくると思うから、それで約束したようなしないようなことをいって、わたしあの人を避《さ》けていますの。ほんとをいうと、そこにたった一つ希望をつないできたんだわ。でもあなたがわたしをつれて逃げてさえくだされば、父もつれてゆけばいいのだし、もうこんな悪い人たちに困らされることないと思うわ」

マクマードはここでまた悩ましそうな顔をしたが、こんどもすぐ決然たる表情になって、

「お前を困らすようなことは、おれがさせやしない。おやじだっておんなじだ。悪い

人たちというけれど、いまにわかるが、おれだってそいつらのうちの最悪のやつより悪い人間かもしれないと思うよ」

「うそよ！　うそ、うそ！　わたしジャックとならどこまでも安心して行けるわ」

マクマードは苦笑していった。

「なあんだ、おれのことをまるきり知らないんだな。無邪気なもんだ。じゃいまおれがどんなことを考えているかだって、わかるわけもないね？　おや、誰《だれ》かきたぜ」

ふいにドアが開いて、若い男が、えらそうに威張《いば》りかえってはいってきた。背かっこうも年ごろもだいたいマクマードと同じくらいで、めかしたてた立派な青年である。ふちの広い黒の中おれ帽《ぼう》をぬぎもせず、けわしい眼《め》つきにわしばなの立派な顔で、ストーヴのそばにすわっている二人を、怒気《どき》をふくんで横柄《おうへい》に見おろした。

エティーはそれと見て急いで立ちあがったが、すっかり混乱しろうばいしている。

「ボールドウィンさん、よくいらっしゃいました。思ったよりお早かったのね。さ、お掛《か》けくださいな」

ボールドウィンは両手を腰《こし》にあてて立ちはだかったまま、マクマードを見おろして、

「どこの人だい？」とぶあいそに尋ねた。

「お友だち――こんど家《うち》へ下宿なすったかたですのよ。マクマードさん、ボールドウ

インさんにご紹介《しょうかい》いたしますわ」

二人の青年は険悪《けんあく》な顔つきで、かるく会釈《えしゃく》しあった。

「おれとエティーとの関係は、エティーから聞いているだろうな？」ボールドウィンがいった。

「関係があるなんてことは、知らなかったな」

「知らない？　じゃ改めていっとくが、エティーはおれのものだ。今晩はよく晴れているようだから、どうだな、散歩にでも出ては？」

「せっかくだが、散歩なんかする気はないよ」

「いやかい？」ボールドウィンのひとみは怒《いか》りに燃えてきた。「ふん、ケンカならしたいというのかい？」

「図星だ」マクマードは急いで立ちあがった。「そうこなくちゃおもしろくない」

「いけないわ、ジャック！　お願い！　ねえ、ジャック、怪我《けが》でもさせられると困るわ」

「なに、ジャックだって？　畜生《ちくしょう》、もうそんな呼びかたをする仲なのか？」

「落ちついてちょうだい、テッド。わたしのためよ、お願いするわ。わたしを愛するなら、心をひろく持ってちょうだい。むやみに怒《おこ》らないでね」

「エティー、ほっといてくれ。話は二人でつけるよ」マクマードが急いでいった。

「それよりいっそのことボールドウィン君、ちょっとそこまで顔を貸してもらおうか。天気もいいそうだし、そのさきの横町《よこ》に空地があったはずだからな」

「おめえなんかを始末するのに、手を汚すほどのこともないさ。いまに見ろ、この家へ足を踏《ふ》みこまなきゃよかったと思うようになるんだからな」

「話はいまつけるんだ」マクマードはゆずらなかった。

「時はおれのほうで決める。その点はおれにまかせておけ。ほら」とボールドウィンはだしぬけにそでをめくりあげて、前腕にある妙《みょう》な記号を見せた。丸のなかに三角の焼印らしいものである。

「これを見ろ！ これが何だか知ってるか？」

「知るもんか！ 知りたくもない！」

「いまにわかる。きっとわからせてやる。どうせながい命じゃなかろうがね。あとでエティーがそれについて何か教えてくれるさ。それにしてもエティー、ひざをついておれに謝ったらどうだい？ どうだい？ いや、ひざをついてさ！ そうすればおめえのうける罰がどんなものだか教えてやるぜ。種はおめえがまいたんだ。おめえの手で刈《か》りとって見せてもらおうじゃねえか！」

ボールドウィンは激怒《げきど》のうちに二人をにらみつけ、くるりと踵《くびす》をめぐらして、あっという間に出てゆき、玄関《げんかん》のドアをばたんと荒々しく閉めるのが聞こえた。しばらくのあいだ、残された二人は黙って立っていたが、気がついてエティーは男の首に両腕でしがみついた。

「まあジャック、あんたすごいわねえ！　でも役にたたないわ。すぐ逃げなきゃだめ。今晩、いまからすぐよ。それよりほかに助かる道はないわ。あの人はきっとあなたの生命をねらってよ。あの眼つきでわかったわ。マギンティの親方や支部の手下が十二人も相手では、あなただって見こみないでしょ？」

マクマードは彼女《かのじょ》の腕をといて、キスをし、やさしく押《お》していすにつかせながらいった。

「ねえエティー、おれのために心配したり恐れたりすることはないよ。おれだって自由民団員なんだ。そのことをいまおやじに話したばかりだよ。おれ一人がほかの連中と違《ちが》うわけもなかろうから、聖人扱《あつか》いはしないでくれ。いや、ここまでうち割って話したら、おれがもうきらいになったろう？」

「きらいだなんて、まあ！　生命のあるかぎり、そんなこと絶対にないわよ。自由民団が悪いことをするのは、ここだけのことだと聞いています。だからあなたが団員だと知っても、きらいになんかなるわけがないわ。でもねえジャック、あなた団員なのに、どうしてマギンティのところへ行って、近づきにならないの？　早くいらっしゃいよ。先手をうったほうがいいわ。でないと犬どもにつけねらわれるわ」

「おれもそれを考えていたところだ。これからすぐ行って、ちゃんと話してくる。おやじに聞かれたら、今晩はここで泊《と》まるが、あすは朝のうちにどこかへ移るといっといてくれ」

マギンティのサロンの酒場はいつものとおりたて込《こ》んでいた。この町の乱暴者たちお気に入りの溜《たま》り場《ば》になっているからである。荒っぽくて陽気な性質のマギンティは、その奥《おく》にいろんな性質をつつむ一種のマスクともなって、みんなに人気があった。だがこの人気は人気として、町じゅうを押さえている、いや、両がわの山々をふくめてこの谷三十マイルにわたる土地を圧している彼《かれ》へのおそれだけでも、この酒場を賑《にぎ》わすに十分であろう。彼ににらまれたらたいへんだからである。

この潜在力《せんざいりょく》――彼はそれを情容赦《なさけようしゃ》もなく行使するものと広く信じられているが――のほかに、マギンティは高級役人の肩書《かたがき》をもち、便宜《べんぎ》を与《あた》えてもらいたい乱暴ものたちの票を集めて市会議員、道路委員にもなっていた。諸税は高いのに役所の仕事はおそろしく等閑《とうかん》に付されているが、会計は検査員を買収してあるから、いい加減なものになっている。まじめな市民はおどかされて金をまきあげられても、後難をおそれて泣きねいりである。

かくしてマギンティ親分のダイヤのピンは年ごとに大きくなり、ますます華麗《かれい》さをますチョッキにからむ金ぐさりは、いよいよ太さを加え、そのサロンは拡張に拡張をかさねて、いまではマーケット・スクエアの片がわを独占《どくせん》する勢いになっている。

マクマードはサロンの自在戸を押してはいると、多くの男たちが群がり、タバコの煙《けむり》と強い酒のにおいで濁《にご》った空気のなかを、突《つ》きすすんでいった。あかあかとした照明のなかに、四方の壁《かべ》にはめこんだ太い金枠《きんわく》の鏡がつよく反射し、あたりのけばけばしさを倍加している。

上着をぬいでワイシャツ一枚になった多くのバーテンダーたちが、頑丈《がんじょう》に金属で覆《おお》った広いカウンターをとりまく客のため、忙《いそが》しく飲みものを調製している。向こうのはずれに、葉巻を横ちょにくわえて、カウンターのはじによりかかっている背のたかい大きな強そうな男が、有名なマギンティその人なのにちがいない。

かみの毛のまっ黒な巨漢《きょかん》で、ほお骨のあたりまであごひげで被《おお》われ、漆黒《しっこく》のひげがひと握りカラーのあたりまで垂れている。顔いろはイタリア人のようにどす黒く、いくらかやぶにらみの眼は妙にまっ黒で、見るからにすごみがある。そのほかの点は均整のとれていることといい、りっぱな顔だちといい、淡泊《たんぱく》な態度といい、彼の好んでよそおう陽気でさっぱりした態度とよく調和していた。

ここに正直で率直《そっちょく》な男がいる、口にする事こそ、たとえいかに乱暴にひびこうとも、心までは腐《くさ》っていないのだ——と人はいうであろう。その人は彼の無慈悲《むじひ》な黒眼でじっと見つめられて身ぶるいがつくまでは、何も気がつかないのだ。身ぶるいとともに、はじめて、自分が潜在的な悪魔《あくま》と対面していることに、いくたの猛威《もうい》をふるってきたところの実力と勇気と巧妙《こうみょう》さをもつ悪鬼《あっき》に対面していることに気づくのだ。

この男をゆっくり観察してから、マクマードはいつものむとんじゃくな傍若無人《ぼうじゃくぶじん》さで、人々をかきわけて進み、親分がちょっとでも冗談《じょうだん》をいったら、それをさもおもしろそうに笑いはやしている取りまきのおべっか使いどもを押しのけて前へ出た。そして鋭《するど》くふりむけられたまっ黒な眼を、若ものの灰いろをした大胆《だいたん》な眼は、眼鏡をとおして臆《おく》するところもなく見かえした。

「おう若いの、お前の面《つら》に見おぼえはないぜ」

「近ごろきたばかりなんです、マギンティさん」

「この紳士《しんし》の尊称を知らねえほどの新米でもないくせに」

「マギンティ議員さんと呼べよ」取りまきのうちから声がおこった。

「すみません。じゃ議員さん、この土地のしきたりに慣れないもんだから……ただあなたに会うがいいといわれたもんでね」

「ふむ、それで来たのか。おれはこれだけの男だが、お前どう思うね？」

「いま会ったばかりだからね。だがあんたの度量がそのからだのように大きく、精神がその顔のように立派だったら、何もいうことはないと思いますよ」

「いったね！　お前は口の利《き》きかたばかりか、考えることにまでアイルランドなまりがあるとみえる」マギンティはこの豪胆《ごうたん》な若ものの言葉を笑い流すべきか、それともここで威厳《いげん》を示すべきか迷うらしく、「それで何か、見うけるところおれは及第《きゅうだい》ってわけなのかい？」

「もちろん！」

「誰かにおれに会えっていわれたって？」

「そうです」

「誰だね？」

「ヴァーミッサの三四一支部員スカンランです。議員さんの健康を祝って一杯《ぱい》のみます。今後よろしく」と彼は出されたグラスをあげて、小指をぴんとはって口へ持っていった。

じろじろとその様子を見つめていたマギンティは、くろく太いまゆをぐっとあげて、

「ふむ、そういうわけかい？　こいつはもっとよく調べてみなくちゃ。君の名は……」

「マクマードです」

「マクマード君か、この土地じゃむやみに人を信用しないことになっとる、口だけじゃな。ちょっとこっちへ来てもらおう、この奥へ」

酒場の奥は小さい部屋になっていて、酒だるがぐるっと並《なら》べてあった。マギンティはていねいにドアを閉めてから、まずそのへんのたるに腰をおろすと、口にした葉巻をもぐもぐやりながら、穏《おだ》やかならぬ眼つきでじっとマクマードを観察した。たっぷり二分間も、彼はそうして腰かけたなりでいたろうか。マクマードは片手を上着のポケットに突っこみ、片手で赤いひげをひねりながら、平然として相手の見るにまかせていた。ふいにマギンティは腰をひねったと思ったら、すごいピストルをとりだした。

「おい、よく聞け、青二才、へんな真似《まね》でもしやがると、お陀仏《だぶつ》だぞッ！」

「これはごあいさつだな」マクマードはやや改まって、「それが他国の団員を迎《むか》えるここの支部長のごあいさつというものですかね？」

「団員だかどうだか、それをこれから調べてやる。そうだとわかったら、覚悟《かくご》はいい

だろうな？　どこで入団した？」

「シカゴの二九支部です」

「いつのことだ？」

「一八七二年六月二十四日です」

「支部長は？」

「ジェームズ・H・スコットです」

「地区の支配者は？」

「バーソロミュー・ウイルスンです」

「ふむ、そこまでは一応筋がとおっておる。いま何をしている？」

「働いていますよ、人なみにね。もっともけちな仕事じゃあるけれど」

「なんでもすらすら答えるやつだ」

「元来口は達者のほうでね」

「動作のほうはどうだ？」

「仲間うちじゃ動作の速いので知られていましたね」

「よし、近いうちに試《ため》してやる。ここの支部について何か聞いたことでもあるか？」

「誰でも支部員にしてくれると聞きました」

「誰でもというわけじゃないが、マクマード君ならね。それでなぜシカゴを出てきたんだ?」

「そいつをしゃべってたまるもんか」

マギンティは眼をぐりぐりさせた。こんなふうな返答は聞きなれないので、おやこいつという気がしたのである。

「なぜおれにいえねえ?」

「団員としてうちわのものにうそはいえない」

「じゃ話せないような悪いことなんだな?」

「何とでも思っていてもらいましょう」

「待て! 支部長としておれが、経歴のわからない男を受けいれられると思うのか?」

マクマードは困った顔をしていたが、内ポケットからくたくたになった新聞の切抜《きりぬ》きをとりだした。

「告げ口をされるんじゃなかろうな?」

「おれに向かってそんな口をきくと、横つらを張りとばすぞ!」マギンティはかっとなった。

「わるかった。謝《あやま》ります」マクマードはすなおに出た。「つい口から出ちまったんだ。議員さんがそんなことをするはずがない。その切抜きを読んでみてください」

マギンティは、一八七四年の新年に、シカゴのマーケット街のレーク・サロンで、ジョナス・ピントという男の射殺された事件を報道してあるその切抜きにざっと眼をとおした。

「お前がやったのか？」と切抜きをかえす。

マクマードはうなずいてみせた。

「なんだって射《う》ったんだ？」

「私はドルを造って政府の手助けをしていたんだ。もっとも私の造るのは、政府のより金《きん》の質は落ちるかもしれないが、見たとこは同じで、原価が安くつく。このピントという男は私に手伝って道をつけ……」

「なにをしていたって？」

「つまり新しいドルを流通さすことです。ところがそいつが急に密告するといいだした。もうしゃべったあとかもしれない。結果の現われるのなんか待っちゃいられない。いきなりずどんとやっちゃって、炭坑《たんこう》地帯へ逃《に》げてきたんです」

「なぜ炭坑地帯を選んだ？」

「なんでもここじゃあんまり喧《やか》ましいことはいわないとか、新聞で読んだことがある」

マギンティは笑った。

「はじめは偽金《にせがね》つくりで、それから人殺しをしたあげくここへ来て、それでお前、歓《かん》迎《げい》されるとでも思っているのか？」

「まあね」

「いい度胸だ。それでドルは今でも造れるのかい？」

マクマードはポケットから金貨を五、六枚出してみせた。

「こいつは造幣局《ぞうへいきょく》から出たもんじゃない」

「ほんとかい？」マギンティはゴリラのような毛むくじゃらの大きな手で、明るいほうへかざして見ながら、「ほんものと変りないじゃないか！　うむ、こりゃ大いに役にたつ男らしいな、お前は。なかに一人や二人悪い男がいたって、何とかなるよ。支部のことは支部かぎりで片づけなきゃならないことだってあるんだからな。おれたちを困らすものは早く払《はら》いのけなきゃ、いまに大きな壁へ突きあたっちまう」

「みんなと力をあわせて、私もひと役買いましょうよ」

「ふむ、胆《きも》だまもすわっているらしいな。このピストルを出しても、お前はびくともしなかったほどだからな」

「あのとき危なかったのは私じゃなかった」

「じゃ誰《だれ》だな？」

「議員さんのほうさ」マクマードは海員服《ピージャケット》の横ポケットから、打金を起こしてあるピストルをとりだした。「私はずうっとこいつでねらいをつけていたんだ。射つとなりゃ、私のほうが早かったと思う」

マギンティは怒気《どき》をふくんでさっと顔を紅潮させたが、すぐにからからと笑いとばした。

「驚《おどろ》いたな。おれも久しいこと、これほど嚇《おど》かされたことはないぜ。ふむ、お前はいまに支部の誇《ほこ》りの一つになることだろう。おや、何の用だ？　お客さまと話があるのに、五分間と待っていやがらねえで、飛びこんで来るたア何だ？」

はいってきたバーテンダーはもじもじして、

「相すみませんです。あのう、テッド・ボールドウィンさんがすぐ議員さんにお目にかかりたいとおっしゃるんで……」

だがこの取りつぎは不要だった。本人の思いつめた残忍《ざんにん》な顔が、もうちゃんとバーテンダーの肩ごしにのぞきこんでいたからである。彼はバーテンダーを部屋のそとへ押しだし、あとをぴったり閉めきってしまった。

「ほう、先まわりして来やがったな」怒《いか》りに燃えてマクマードをにらみつけながらいった。「議員さん、この男のことについてお話があるんです」

「じゃここで、おれの前でいってみろ」

「いつどこで話そうと、おれの勝手だい」

「おいおい」マギンティはたるから腰《こし》をあげながら、「二人ともよさないか！　これは新しい支部員だぜ、ボールドウィン。そんなあいさつのしかたってあるか！　さあ、手を出して仲直りしろ」

「誰がッ！」ボールドウィンはぷりぷりした。

「私のしたことが不当だというのなら、勝負でゆこうと私はいってやった。勝負は素《す》手《で》でもいいが、それとも向こうに望みがあるなら、何でもかまわない。議員さん、あんたは支部長として、中にたって判定していただきたい」

「なんでこんなことになった？」

「若い婦人です。どっちを選択《せんたく》しようと、それはその人の自由ですからね」

「そんなことがあるか！」ボールドウィンが食ってかかった。

「まて！　どっちも支部のものだとすれば、それは女に選択権がある」マギンティがいった。

「へえ！　それが支部長の判定ですかい？」

「そうだとも！　ボールドウィンはそれに文句があるのか？」ボスはじろりとにらみつけた。

「五年も手下でいた男を見棄《みす》てて、初めて会ったやつの肩を持つんですかい？　へん、ジャック・マギンティだなんてったって、生涯《しょうがい》支部長でいるわけでもなかろう。このつぎの選挙のときには、きっと……」

ボスは猛虎《もうこ》の勢いでボールドウィンにおどりかかった。いきなり片手を首にまきつけて、どさりと酒だるの上へ仰向《あおむ》きに押《お》さえつけた。マクマードが急いで制止しなかったら、しめ殺していたことだろう。

「お静かに！　議員さん、お願いだ。まあ落ちついてください」マクマードはぐいぐいボスを引きもどした。

マギンティはやっと手をはなした。震《ふる》えあがったボールドウィンは、ひいひいと息をするのも苦しそうだ。死の深淵《しんえん》をのぞかされでもしたように、押さえつけられていたたるのうえに起きなおったまま、ぶるぶる手足を震わせている。

「てめえはこないだうちからのどを締《し》めてもらいたがっていたんだ。どうだ、ちったあ応《こた》えたか？」マギンティは大きな胸を波うたせながら、「つぎの選挙でおれが落選でもしたら、てめえがとって代る気ででもいやがるんだろう。こんなことをいうのも支部のためだ。だがな、おれが支部長でいるあいだは、おれのすることということにゃ誰にも喙《くちばし》を出させることじゃねえ」

「なにも親分に不平なんかありゃしませんよ」ボールドウィンはまだのどをなでている。

「よし、じゃあな」とボスは急に緊張《きんちょう》をやわらげ、陽気な調子でいった。「これからみんな仲よくしようや。これで話はすっぱりとついたわけだからな」

ボスはたなからシャンペンを一本とりおろし、びんをゆすって巧《たく》みにせんをぬき、

「さ、それじゃ」と三つのグラスにそれを注《つ》ぎわけて、「支部のおきてに従って、一ぱいやって仲直りとゆこう。こいつをやったら、すっぱりと敵意はすてるんだぞ。さてと、左の手でのど仏《ほとけ》を押さえておれはいう。テッド・ボールドウィンよ、何を怒りめさるのだ」

「暗雲低迷《あんうんていめい》す」ボールドウィンが答えた。

「されどいつかは晴れん」

「そのことを誓《ちか》います」

二人はこれでぐいとグラスを乾《ほ》した。同じ儀式《ぎしき》がボールドウィンとマクマードのあいだでも行なわれた。

「さあ、これでみんな恨《うら》みっこなしだ」マギンティは両手をこすり合せながら、「このうえ恨みをのこしでもすれば、支部の裁定に服するまでだ。同志ボールドウィンもよく知っているが、ここの罰則《ばっそく》は軽くないぜ。そのことは、同志マクマードもなにかあったら、すぐにわかることだがね」

「誓約《せいやく》は曲りなりにも守るつもりだ」とマクマードはボールドウィンに握手《あくしゅ》を求めながらいった。「おれはケンカも早いが、忘れるのも早い。アイルランド人は気が早いとみんなはいうが、おれとしちゃ済んだことだから、何の恨みも残しちゃいないよ」

ボールドウィンは恐《おそ》ろしいボスが見ているので、しぶしぶ手を出したが、その苦りきった顔つきは、いまの相手の言葉によって、その心が少しも柔《やわ》らげられていないのを示していた。

マギンティは両手で二人の肩《かた》をたたいて、

「ちえッ！　女だ！　娘《むすめ》だ！　おれのところの若いものが二人まで、おなじ娘にはまりこむとはなあ。ほんとに悪運というものだ。こいつはまあ娘にきめさせるしかない。そんなことは支部長の権限外だからな。それでなくたって問題は山とあるんだ。同志マクマードは三四一支部に加入を認めることにする。だがここはシカゴとちがって、独特のやりかたがあるからな。毎土曜日の晩に集会がある。こんどの土曜日に出席すれば、今後ヴァーミッサ谷なら大手を振《ふ》って歩ける資格を与《あた》えてやる」

第十章　ヴァーミッサ三四一支部

手に汗《あせ》にぎるいろんな事件のあった日の翌日、マクマードはジェイコブ・シャフターの下宿を引きはらって、町はずれの地にマクナマラという後家《ごけ》さんの家を見つけて移った。最初に汽車で知りあったスカンランが、まもなくヴァーミッサへ移ってきたので、同宿することになった。ほかに下宿人はないし、主婦のマクナマラ夫人はアイルランド生まれののんきな老婆《ろうば》で、あまり干渉《かんしょう》がましいこともいわないところから、共通の秘密をもつ二人にとってありがたいことに、言動ともに自由であった。

シャフターはマクマードを追いだしたことをいくらか気の毒に思ったか、気がむけば食事しに来るのを許してくれたので、おかげでエティーとの交際も断絶しないですんだ。それどころか、日のたつにつれて二人の仲はますます深くなっていった。新しい下宿に移ってから、そこの寝室《しんしつ》でなら偽造《ぎぞう》用の鋳型《いがた》をとり出しても安全だと思われたので、マクマードは秘密を守るという堅《かた》い誓約をかさねさせたうえで、支部の同志を何人かつれこみ、その鋳型を見せてやった。彼《かれ》らは寝室を出るとき、その鋳型で造った見本をいくつかポケットに忍《しの》ばせていたが、それはどこへ出しても何らの困難もなく安全に通用する精巧《せいこう》なでき栄《ばえ》であった。こんなすばらしい技術を心得ながら、マクマードはなぜそれを活用しないで帳簿方《ちょうぼがた》なぞに甘《あま》んじているのだろうと、一同はいつも不思議がった。だがマクマードは、尋《たず》ねられると、はっきりした仕事をもっていないとすぐ巡査《じゅんさ》に怪《あや》しまれるからだと答えていた。

じっさいある巡査にもう目をつけられていた。だが幸運なめぐり合せで、ちょっとしたことのためマクマードは害をうけるどころか、たいそう得をすることになった。

彼は初めてマギンティと知りあってからというもの、ほとんど毎晩のようにそのサロンへ出かけてゆき、「若いもの」たちとなじみを重ねた。若いものというのは、このサロンに集まる危険なギャングが、たがいにふざけて呼びあう名まえなのである。威勢《いせい》のいい態度と恐れを知らぬ弁舌《べんぜつ》とで、彼はたちまち人気を博し、酒場でのケンカに敏速果敢《びんそくかかん》に相手を片づけた手際《てぎわ》で、荒《あら》っぽい連中の尊敬をあつめた。だがこんなのは何でもない。それにも増して彼の名声を高めるようなことが持ちあがったのである。

ある晩、酒場のこみあう時刻に、うす青い制服にとがり帽子《ぼうし》の鉱山巡査が一人はいってきた。これは鉄道と鉱山会社が雇《やと》っている特設巡査なのである。この地方を恐れさせている組織的な悪漢たちに対抗《たいこう》するには、普通《ふつう》の巡査なぞ役に立つことではない。巡査がはいってくると、あたりの話し声が急にやみ、多くの顔がいっせいに彼のほうへ向けられた。だがアメリカでは、悪人と巡査の関係は一種特別である。カウンターの奥《おく》に立っているマギンティは、巡査が客のなかへはいってきても、意外とも思わないらしい。

「ウイスキーを生《き》でもらおう。今夜は寒いよ」巡査はカウンターへ歩みよった。「ところで君にお目にかかるのは初めてだったな、議員さん?」

「こんど来たお巡《まわ》りさんだね?」

「そうさ。君や町の主だった人のことは当《あて》にしているよ。この町の法と秩序《ちつじょ》をたもつためには助力してもらわなけりゃな。マーヴィン巡査というんだがね、鉱山会社の」

「ここは君なんかに来てもらわなくたって、やってゆけるさ」マギンティは冷然といい放った。「町にはちゃんと警察力もあることだし、輸入品の必要はないね。君たちは資本家に雇われて手先になり、哀《あわ》れな同胞市民《どうほうしみん》を棒やピストルでいじめるだけのことだろう」

「まあ、そうさ、そんな話はおもしろくもないからな」マーヴィン巡査は怒《おこ》った顔もみせないで、「おたがいによいと信ずる職務を遂行《すいこう》すべきだと思うが、その正しいことというのが、むずかしい問題でね」といってウイスキーを飲みほすと帰りかけたが、ふとすぐそばで仏頂面《ぶっちょうづら》をしていたジャック・マクマードの顔が眼《め》についた。

「よう！　これは！」と頭から足のさきまで見あげ見おろしていった。「昔《むかし》なじみがいたよ」

マクマードは肩をつんとあげた。

「君ばかりじゃないが、巡査なんかに友だちはないよ」

「知りあいと友だちとは違《ちが》うからな」マーヴィンはにやりと歯をみせて、「お前はシカゴのジャック・マクマードじゃないか？　ずばりだ。まさか違うと白《しら》はきらないだろうな？」

マクマードはまたつんと肩をあげた。

「違うとはいってやしないさ。自分の名をいわれて恥《は》ずかしがるとでも思うのかい？」

「恥ずかしがる理由はちゃんとあるはずだ」

「あればいってみやがれ！」マクマードは拳《こぶし》を握《にぎ》りしめてどなった。

「よせよ、ジャック。大きい声をしたって驚きゃしないよ。おれはこのいやな石炭山へくるまえは、シカゴにいたんだ。シカゴの悪いやつならひと眼見りゃわかる」

マクマードはひるんだ。

「まさかシカゴの中央署のマーヴィンじゃなかろう？」

「それさ。お気の毒だが、そのテディ・マーヴィンさ。ジョナス・ピントがピストルで殺されたのは、あっちじゃ忘れてやしないぜ」

「おれのやったことじゃない」

「お前が知らん？　ちゃんと証拠《しょうこ》のあることなんだぜ。あいつの死んだのは、お前には都合がよかったよ。生きていれば、お前も偽金つかいで捕《つか》まるところだったんだからな。だがそれも過ぎさったことだ。というのはここだけの話だが――そこまで明かすのはおれとしてもしゃべりすぎかもしれんがな――証拠不十分で警察としてはどうにもならなかったんだよ。だからお前はあすシカゴへ帰ったって、捕まるようなことはないぜ」

「どこへも行こうとは思わないよ」

「いいことを教えてやったんじゃないか。そんなふくれっ面をしないで、ありがとうの一つもいったらどうだ？」

「好意でいってくれたんだろうから、じゃありがとう」マクマードはあんまりうれしくもなさそうに答えた。

「お前が堅気で暮《く》らしている限り、おれは何もいうことはないよ。だがね、わき道へそれたら、そのときは黙《だま》っちゃいないよ。じゃさよなら。議員さんも、さよなら」

マーヴィン巡査が出てゆくと、マクマードはたちまち英雄に祭りあげられた。さっきから、遠いシカゴで彼のしたことが、そちこちでひそひそと話題になっていたのである。自分では、大げさにさわがれるのを好まぬのか、なにを尋《き》かれても笑って答えないでいたのだが、今晩は巡査がそのことを確証してくれたのだ。酒場ゴロたちがとりまいて、さかんに握手ぜめにした。

彼は急にこの社会の顔ききになった。いままでは大酒をのんでも、ほとんど酔《よ》ったことがなかったが、この晩だけは、相棒のスカンランがついていて、無事に下宿へつれ帰ってくれなかったら、ひと晩じゅう酒場で英雄の歓待をうけていたかもしれなかった。

土曜日の晩に、マクマードは改めて支部で正式に紹介《しょうかい》された。彼はシカゴで入会しているのだから、式などはないものと思っていた。だがヴァーミッサ支部には特別の入団式があって、みなはそれを誇りにしていた。入団者は誰《だれ》もそれを受けなければならないのである。

会合は、そうした目的のため特に設けてあるユニオン・ハウスの広い一室で行なわれた。六十人ばかり集まったが、これがこの地方の全員ではなかった。ヴァーミッサ谷だけでも、ほかにも支部がいくつかあったし、両側の山の向こうにもあって、何かことがあると、たがいに団員を融通《ゆうずう》しあって、各地で顔を知られていないものに事を行なわせるということもするのである。みんな合せると、炭坑《たんこう》地方だけでざっと五百人を下らぬ団員をかかえているわけだった。

がらんとした部屋に、みんなは長いテーブルをかこんで集まった。一方に第二のテーブルがあって、酒びんやグラスがならべてあり、なかには早くもそのほうへ横目をつかっている連中もあった。主席についたマギンティは、黒ビロードの飾《かざ》りのない帽子の下から、まっ黒なかみの毛をもじゃもじゃとのぞかせ、首まである派手な紫《むらさき》の法衣をまとったところは、まるで悪魔《あくま》の儀式を主宰《しゅさい》する僧侶《そうりょ》とでもいった様子にみえた。その左右には支部の主だった役員がいならぶなかに、テッド・ボールドウィンの立派で残忍《ざんにん》な顔もみえる。みんなそれぞれの役をあらわすえり巻とかバッジなどをつけている。これらはみんな相当の年ごろの男たちだが、あとの連中は十八から二十五くらいの若ものばかりで、年長者から命令があれば、どんなことでもやってのけようと、張りきっていた。

年長の連中のなかには、法律なぞ眼中にない残忍無法な面構えが多数見うけられたが、若手の連中はいかにもひたむきで朗《ほが》らかで、これが殺人ギャングの一味とは信じられないくらいだったけれど、その実彼らは悪事を巧妙《こうみょう》に行なうことを誇《ほこ》りとするほど道義心がみだれつくし、彼らのいう「きれいに片づける」ことに名をなしたものを深く尊敬するという、救いがたいやつばかりなのである。

このゆがめられた性質から、彼らは罪もない人——多くの場合見たこともない人を「片づける」仕事に志願するのを、勇ましい立派なことだと心得ている。事が終ると、彼らは致命傷《ちめいしょう》を与えたのが誰かという問題で口論するし、殺された男の悲鳴や苦悶《くもん》の状況《じょうきょう》をまねては打ち興ずるのだ。

はじめは事を行なうにもいくらか秘密に運んでいたが、この話の時期になると公然と行なわれるようになった。それは毎度警察が失敗した結果として、誰もあえて証人に立とうとしなくなったためでもあるが、一方には、自分のほうに都合のよい証人がいくらでも出せたからでもあり、また、財政がゆたかなので、アメリカ一流の弁護士を迎《むか》えることができたからである。

十年の久しきにわたって、ただの一人も有罪になったものがなかった。スコウラーズの唯一《ゆいいつ》の脅威《きょうい》は被害者《ひがいしゃ》そのものであった。いかに相手が多数で、不意をおそわれたとはいえ、どうかするとこっちに痕跡《こんせき》をのこされることがなくもないからである。

マクマードは苦しい試練をうけるのだとは聞かされていたが、それがどんなものだかは、誰も教えてくれなかった。彼はまず二人の厳粛《げんしゅく》な顔をした同志によって、つぎの間へつれてゆかれた。板仕切りごしに、会場でいろんなことを話しあっているのが聞こえてくる。そのなかに自分の名まえも一、二度口にのぼったので、自分の入団について論議が行なわれているのだなとわかった。そこへ胸に金と緑の飾りをつけた衛士がはいってきた。

「支部長が両腕《りょううで》を脇腹《わきばら》にしばりつけて、目隠《めかく》しをして連れてこいと命令されました」

三人がかりでマクマードの上着をぬがせ、ワイシャツの右そでをひじまでまくり、ロープをもち出して両腕ともひじのうえでしっかり胴体《どうたい》に結《ゆわ》えつけてしまった。つぎに厚い黒の頭巾《ずきん》をすっぽりと鼻のうえまで冠《かぶ》せたので、なんにも見えなくなってしまった。それから会場へつれてゆかれた。

頭巾のおかげで、まっ暗で重くるしい。右にも左にも人の動く気配や、話し声がきこえる。そのうちにマギンティの声が、厚い頭巾をとおして遠くぼんやりときこえた。

「ジョン・マクマード、お前はまえから『自由民団』にはいっているのか?」

彼は頭をさげて肯定《こうてい》してみせた。

「シカゴの二九支部といったな?」

彼はふたたび頭をさげた。

「暗い晩はいやなものだ」

「そう、不馴《ふな》れな他国のものにはな」

「暗雲低迷す」

「然《しか》り。あらしは近し」

「みんな異存はないか?」

支部長の質問に、異存のないむねを口々に答える。

「合言葉と返し言葉で、お前が団員にちがいないのはわかったが、この土地にはこの土地の儀式のあることを知ってもらいたい。また新来者に課される義務もある。それではいまから考査をはじめていいな?」

「よろしい」

「お前は気丈《きじょう》な男だろうな?」

「もとよりです」

「そんならその証拠に、一歩前へ出てみろ！」

言葉とともに、棒の先のようなものが両眼に押《お》しあてられたのをマクマードは感じた。このまま前へ踏《ふ》みだしたら、両眼がつぶれてしまいそうな不安がある。それにもかかわらず、彼は勇気を出し、思いきって一歩前進した。すると眼に加えられていた圧力はすっと消えてしまった。がやがやと賞賛の声がおこった。

「ふむ、なかなか気丈だ。では苦痛がこらえられるか？」

「人並《ひとな》みのことならね」

「試《ため》してみろ！」

するとと前腕にとつぜん、気絶するばかりの激《はげ》しい痛みを感じたので、彼は歯をくいしばって、わずかに声をもらすのを我慢《がまん》した。あまり急だったので、気が遠くなりそうだったが、手をかたく握りしめてやっとこらえた。

「これくらいは、まだまだ平気です」

こんどはどっと賞賛の声がおこった。この支部として、これほど見事な受験者を迎えるのは前例のないことだった。彼はさかんに肩《かた》をたたかれ、誰かが頭巾をぬがしてくれた。まぶしさに眼をしばたたきながらも、彼は微笑《びしょう》をうかべて、まわりからの祝辞をあびて立っていた。

「同志マクマードに一言だけいっとくがな」マギンティがいった。「お前は秘密と忠節とを誓《ちか》ったが、もしこの誓約《せいやく》に違背《いはい》すれば、罰《ばつ》として即刻《そっこく》死を免《まぬか》れぬのは承知だろうな？」

「もとよりです」

「それにさしあたりどんな場合にも、支部長の支配に服するね？」

「服します」

「ではヴァーミッサ三四一支部の名によって、本支部へ喜んで迎え、特典と討議権《とうぎけん》を与《あた》える。スカンラン、テーブルに酒を並《なら》べてくれ。立派な新しい同志のため大いに杯《さかずき》をあげよう」

マクマードは誰かの持ってきてくれた上着を着るまえに、まだずきずきする右の腕をあらためてみた。前腕の筋肉に、丸のなかに三角のしるしが、どす黒く深く焼印されているのだった。そばにいた二、三のものが、おのおのそでをまくって、おなじような支部の焼印を見せてくれた。

「みんなあるんだ。でもおされるときは、おめえのように平気じゃなかった」

「ふん、こんなものが何だ！」といったが、マクマードはずきずきと痛かった。

入団式のあとの酒が終ると、支部の例会が始まった。マクマードはシカゴの退屈《たいくつ》な会にはなれていたが、ここではどんな事が行なわれるのかと、耳をすましていたけれど、聞くうちに顔にこそださないものの、内心ではずいぶん意外なことばかりだった。
「今夜の日程表の第一は、マートン郡の二四九支部の地域支配者ウインドルからの来書です」といって、マギンティはそれを読みあげた。

拝啓《はいけい》、こんど当地の炭坑主レイ・アンド・スターマッシュ社のアンドルー・レイを片づけることに相成った。ついてはお忘れもあるまいが昨秋巡査問題につき当方から二名差向けたことがあるにより、その代償《だいしょう》として今回は貴方より手なれたる者二名、当支部会計係ヒギンズあてご差遣《さけん》ありたい。同人住所はご承知のはずなれば、同人より場所と方法の指示をうけられたい。

草々
自由民団地域支配者ウインドル

「ウインドルはこっちから助《すけ》っ人《と》を頼《たの》んだとき一度も断ってきたことがないのだ」マギンティは濁《にご》った意地わるい眼で室内を見まわしていった。「誰かこの仕事を引きうけるものはないか？」

数人の若ものが手をあげた。支部長は満足そうに微笑をうかべて見やったが、

「虎《とら》のコーマック、お前がいい。いつかの要領でやれば、心配することはない。あとはウイルスンがよかろう」

「ピストルがありません」この志願者はまだ二十《はたち》にもならない少年である。

「お前は初めてだったな？　一度血のにおいをかいでこなきゃだめだ。度胸がつくぜ。ピストルなら向こうでかならず用意してるだろう。月曜日にウインドルのところへ顔を出せばよかろう。帰ってきたら、大歓迎《だいかんげい》をうけられるぜ」

「こんどは報酬《ほうしゅう》があるんですか？」コーマックが尋いた。ずんぐりした色のくろい下品な顔つきの若ものである。猛悪《もうあく》なので虎というあだながついている。

「けちなことをいうな。これは金ずくの仕事じゃないんだぞ。しかしまあ、うまくやり遂《と》げたら、何とか二、三ドルくらいはくれてやる」

「相手の男はなにをやったんです？」ウイルスンが尋《たず》ねた。

「何をしようと、そんなことはお前なんかの知ったことじゃない。向こうの支部のきめたことだ。こっちは無関係だ。こっちとしちゃ、頼まれたことをしてやるだけだ、おたがいだからな。おたがいといえば、来週はまたマートン支部から若いのが二人ば

かり来て、ひと仕事やってくれることになってる」

「誰がくるんですかい?」誰かが尋いた。

「そんなことを尋くもんじゃない。知りさえしなきゃ、証言なんかできないはずだから、いざこざは起こらない。片づけ仕事にかけちゃ、きただけのことをして行くやつがくるさ」

「いい折りだ!」テッド・ボールドウィンが口をだした。「このごろどうもクビになるものが多くていかん。先週もうちのものが三人も、ブレーカー坑夫長にやめさせられた。あいつにはずっと前から貸しがあるんだ。たっぷり利子をつけて返してもらわなくちゃ」

「返すって、何を返すのだい?」マクマードは隣《となり》の男にそっときいた。

「シカうち銃《じゅう》の実《み》さ」その男は大きく笑って、「われわれのやり方をどう思うね?」

マクマードの犯罪本能は、加盟したての団体のよからぬ精神にもう感染《かんせん》してきたらしい。

「それはおもしろい。気概《きがい》のある青年にゃ、張りあいがあるよ」

これを聞いて、まわりからまた賞賛の言葉がおこった。

「どうしたんだ?」ずっと向こうの席から、かみの毛の黒い支部長が声をかけた。

「いいえね、新入りの若えのが、うちのやりかたが気にいったというんですよ」マクマードはすっと立ちあがって、

「支部長！　議員さん！　人手がいるなら、支部のためになるのは名誉《めいよ》だから、私を使ってもらいたいんです」

これにはやんやの喝采《かっさい》が、鳴りもやまなかった。新しい太陽が、水平線上に現われてきたような感じを与えたものらしい。幹部のなかには差し出がましいと思うものもあった。

「私から提議するが」秘書のハラウエーといって、議長のとなりにいる禿鷲《はげわし》のような、半白のあごひげの男がいった。「同志マクマードは、支部が適当と認めるまで、しばらく待つがよかろう」

「もちろんいますぐにといったんじゃありませんよ。万事《ばんじ》はおまかせします」

「いずれ出てもらうときがくる」議長がいった。「喜んで働くというお前の意向はよくわかった。この土地でもりっぱな働きを見せてくれるものと思う。ところで今晩ちょっとした仕事があるのだが、よかったらそいつを手伝ってもらってもいい」

「やりがいのあることなら、何でもやります」

「とにかく今晩手を貸してもらおう。この土地でのおれたちの立場もわかることにな

る。それはそれとして」とマギンティは日程表に眼《め》をうつして、「まだ問題が二、三のこっているが、まず会計係はわれわれの銀行残高を報告してもらいたい。死んだジム・カーナウエーの妻に扶助料《ふじょりょう》を出さなきゃならないからな。ジムは支部の仕事のため一命を落としたのだから、その妻に不自由させてはならない」

「ジムは先月、みんなでマーレイ・クリークのチェスター・ウィルコックスを殺そうとして、射殺されたんだよ」と、となりにいた者がマクマードに教えてくれた。

「目下のところ財源は潤沢《じゅんたく》です」会計係が預金帳をまえにひろげて報告した。「各会社とも最近出しっぷりがよくなっています。マックス・リンダー会社は、放任してくれるならと、五百ドル出しました。ウォーカー兄弟社は百ドル届けてよこしましたが、私の一存で突《つ》っかえし、五百ドル出せといってやりました。水曜日までに返事がなければ、巻揚機《まきあげき》を壊《こわ》してやります。あそこは去年も話がわからないので、砕鉱機《さいこうき》を焼いてやったほどで、手数をかけるやつです。それからウエスト・セクション炭坑会社から年次寄付金をよこしました。したがって目下いかようの負担にも堪《た》えられる準備があります」

「アーチー・スウィンドンはどうなっている？」

「あいつは炭坑を売り払《はら》って逐電《ちくでん》しました。逃《に》げるときに、こんなところで恐喝団《きょうかつだん》にびくびくしながら大きな山を持っているより、ニューヨークへ帰って道路清掃人にでもなったほうがましだと置き手紙をのこしてゆきましたよ。いまいましい、手紙の届いたときは、もう姿を消してやがったんでね。これであいつは二度とこの谷にゃ来られまいて」

額のひろいおとなしそうな顔をきれいにそった年輩《ねんぱい》の男が、議長と向かいあった末席で立ちあがった。

「会計係におうかがいしますが、われわれに追われて逃げだした男から山を買いとったのは何ものですか?」

「同志モリス君にお答えします。買ったのはステート・エンド・マートン郡鉄道会社です」

「昨年同じ理由で売りに出たトドマン・エンド・リイ鉱山を買ったのは?」

「これも同じ鉄道会社でした」

「最近に放棄《ほうき》されたマンスン、シューマン、ヴァン・ディーア、アトウッドなどの製鉄所を買いとったのは?」

「これらはすべてウエスト・ギルマートン鉱業会社が買収しました」

「誰《だれ》が買ったっていいじゃないか。どうせ山はこの地区から持ちだせやしないんだからな」マギンティがいった。

「支部長のまえですが、私はそうではないと思います。この十年間、同じようなことが行なわれてきました。われわれは小資本の事業家をつぎつぎと追いたてました。その結果はどうでしょうか？　それらの事業はすべて鉄道とかゼネラル・アイアンとか大会社の手に帰しました。大会社の幹部はニューヨークやフィラデルフィアにいて、われわれの勢力が及《およ》びません。われわれの相手は支店長とか工場長とかですが、それらは都合がわるくなると逃げだし、新手《あらて》と交代してしまいます。のみならずこっちの身がかえって危なくなってくるばかりです。

これに反して小資本家は少しも害になりません。彼《かれ》らは金もなければ勢力もない。あまりひどく搾取《さくしゅ》しないかぎり、彼らはわれわれの勢力下に留《とど》まります。しかるに大会社は、われわれの存在が彼らの収益に不利をもたらすと見れば、費用を惜《お》しまず手段をつくしてわれわれを追及《ついきゅう》し、問題を法廷《ほうてい》にまでも持ちだすでしょう」

この不吉《ふきつ》な言葉に、一同はしばし鳴りをしずめ、暗然と顔を見かわした。今日まで無敵を誇《ほこ》り、全能を謳歌《おうか》してきた彼らは、報復などがありえようとは、夢《ゆめ》にも思わなくなっていたのである。それがモリスのこの言葉だから、命知らずの荒《あら》くれ男までが、ハッとしたのだった。

「だから私は申したい」モリスはつづける。「小資本家にあまり負担をかけないようにするべきです。彼らを全部追いたてるようなことをするのは、当支部の存立を危《あや》うくするものだと考えます」

苦言は耳になじまないものだ。モリスが席につくと、あちこちに怒号《どごう》とののしりの声がおこった。マギンティが苦い顔をして立ちあがった。

「同志モリスはいつも泣きごとをいう。この支部のものが一致結束《いっちけっそく》してたてば、アメリカじゅうに恐《おそ》ろしいものはない。今まで何度も法廷で争った結果をみてもわかるじゃないか。大会社だって争うよりは金を出したほうが手取《てっと》り早いのを知るだろう。小資本のものと違《ちが》いはしない。さて諸君」

とマギンティは黒ビロードの頭巾も法衣もぬぎすてて、

「今晩の会合はこれをもって終りとする。まだちょっとした問題が一つ残ってはいるが、それは解散するときに説明するとして、これから友愛と懇親《こんしん》の歓談にうつることにしよう」

人間性というものくらい妙《みょう》なものはない。ここに集まる連中は殺人なぞなれっこで、何度か一家の主人を殺してきた男たちだ。あるものは個人的にはなんの恩怨《おんえん》もないのに殺して、残されて泣く妻を見ても後悔《こうかい》もせず、よるべない子供たちを見ても一片《ぺん》のあわれみを感じるでもない。それでいてやさしく感傷的な音楽には、涙《なみだ》するほど心を動かされるのだ。

マクマードはよいテナーをもっていた。支部のなかに彼に好意をよせなかったものがあったとしても、この夜、彼の「メリイよ、私は踏段に腰《こし》かけている」や「アランの岸辺で」を聞いたら、みんな好きになってしまったろう。じっさいこの新団員は、最初の一夜で支部きっての人気ものになり、有力な幹部候補に擬《ぎ》せられたのである。もっとも自由民団で頭角をあらわすには、仲間に人気があるばかりでは十分でなく、ほかの素質もなければならないのだが、時刻のすすむにつれて、彼はその資格も備えていることを示したのである。

ウイスキーの瓶《びん》が何度かテーブルに回され、一同が顔を赤くし、そろそろ見さかいのなくなったころ、マギンティがまた立ちあがって、演説をはじめた。

「諸君、この町に整理を要するものが一人ある。しかもそれを行なうのは諸君なのだ。ほかでもない、ヘラルド新聞のジェームズ・ステンジャーだ。ちかごろこの男がたびたびわれわれの悪口をたたくようになったのは、諸君もよく知るところだろう?」

多くのものが低い声でのろいをあびせるなかから、雷同《らいどう》の声も起こった。マギンティはチョッキのポケットから切り抜《ぬ》きをとりだした。

「法と秩序《ちつじょ》――こうあいつは見出しをおいて、『石炭と鉄鉱地方を支配する恐怖《きょうふ》。最初に暗殺が行なわれ、この地方に悪人の組織の存在を立証してからすでに十二年を経過する。以来この種の暴行は終息するどころか、ますます猛威《もうい》をふるい、文明社会の汚辱《おじょく》とさえ思われるに至った。わが国がヨーロッパ諸国の暴政からの逃避《とうひ》者《しゃ》を多数、移民として入国を許したのは、かくのごとき結果をもたらすのが目的であったのか？　彼らに安住の地を与えてやった多くのわが国民の上に、彼ら自身が暴力をもって君臨してよいものか？　わが光輝《こうき》ある自由の星条旗の神聖なるはためきのもと、恐怖と無法の国を建設してもよいものであろうか？　東洋の弱小専制国にその状態ありと聞いてさえ、われらは戦慄《せんりつ》するのである。

一味の人物はわかっているのである。組織の存在は周知の事実である。われらはいつまでこれを忍《しの》ばねばならないのか？　われら生けるかぎり……』何をいっているんだ？　泣きごとはたくさんだぞ！」マギンティは切り抜きをポイとテーブルに投げだした。「こんなことを書いている。諸君に相談というのはこの男にどう対処するかだ」

「殺してしまえ！」十人あまりが激しくののしった。

「それには異議がある」額のひろい顔をきれいにそったモリスがいった。「この谷でわれわれはたしかにやりすぎている。これじゃ自衛上、一般《いっぱん》市民が団結して向かってくることになる。ジェームズ・ステンジャーは老人で、この地方では尊敬をうけている。その新聞はこの谷の穏健派《おんけんは》を代表するものだ。だからここでこの男を倒《たお》せば、州民を刺激《しげき》して、結果はわれわれの破滅《はめつ》ということになると思う」

「ふん、どうやって破滅さすというんだい？」マギンティが冷笑した。「警察の力でかい？　半数は月給をやってあるし、あとの半分はわれわれを恐れている。それとも法廷に持ちだすか？　そんなことは実験ずみだが、一度だって負けたことはないんだぜ」

「私刑《しけい》というものもある」モリスがいった。

怒《おこ》って口々に何か叫《さけ》ぶ声で、議場がざわめいた。

「おれは指一本あげるだけでいい。集まってきた二百人のものが、すみからすみまでこの町をきれいにしてくれる」といったマギンティは、ここで急に声をあらげ、顔をしかめて、「おいモリス、ここんとこずっとおれはお前に眼をつけているが、お前は勇気がないばかりか、ほかのものの士気まで挫《くじ》こうとしている。いまにお前の名が日程表に出でもしたら、どうする気なんだ？　現におれは、近いうち出さなきゃなるまいと思っているんだ」

モリスは死人のように青ざめ、ひざがくがくして立っていられないのか、くずれるようにいすに腰をおとした。そして震《ふる》える手でグラスを口へ持ってゆき、唇《くちびる》をしめしてからいった。

「いい過ぎがありましたら、支部長をはじめ皆《みな》さんに謝《あやま》ります。私は忠実な団員です。そのことは皆さんに認めていただけると思う。ただこの支部に万一のことでもあってはと、心配のあまり、いまのようなことも申したのです。しかし私なんかの考えよりも、やはり支部長の考えのほうが信頼《しんらい》がおけるのです。以後言葉には十分気をつけます」

支部長の苦り顔は、相手にこう下手《したで》に出られて、やっと柔《やわ》らいだ。

「それならいい。お前に懲戒《ちょうかい》を加えなければならなくなっては、おれもやりきれないからな。だがおれがこのイスについているあいだは、団員は言行とも一致して進んでもらいたい。

そこでいまの話だが」とマギンティは改めて一同を見まわし、「おれとしていいたいのは、ここでステンジャーに極刑を課すると、必要以上に騒《さわ》ぎが大きくなると思う。新聞は団結している。だからここで事をおこすと、全国の新聞が騒ぎたて、警察や、場合によっては軍隊をも動かすことになると思う。ここは手きびしい警告を与《あた》えるだけにしておきたい。それには、どうだボールドウィン、お前引きうけてくれるか」

「合点だ！」若ものが張りきって答えた。

「人は何人いる？」

「六人ばかり。表の見張りも二人はいるし――ガワー、お前きてくれ。それにマンスルとスカンラン、ウイラビー兄弟にも来てもらおう」

「新入りの同志にもおれは約束してある」マギンティがいった。

マクマードを見るボールドウィンの眼は、まだ彼があのことを忘れていないのを示していた。

「望みとあれば来るがよかろう」と気むずかしくいって、「これでそろった。仕事は早いほうがよかろう」

一同は歓声をあげ、酔余《すいよ》の放歌をするものもあった。酒場がまだにぎわっていたので、大多数の支部員はそこへ繰《く》りこんだ。選ばれた連中は表へ出てゆき、目立たぬように二人三人と別れて歩道を進んでいった。

ひどく寒い晩で、星空に半月が美しくさえていた。やがて高い建物の正面の広場に集まって、一行は立ちどまった。仰《あお》げば明るい窓と窓のあいだに、「ヴァーミッサ・

ヘラルド」の金文字が見られた。建物の内部からは印刷機の騒音《そうおん》が聞こえてくる。「おい、おめえはな」とボールドウィンはマクマードに向かっていった。「この入口のそばにいて、そとを見張っててくれ。アーサー・ウイラビーもここをたのむ。あとのものはおれについて来い。なあに、心配するこたアねえ。おれたちはユニオンの酒場から一歩もそとへは出なかったと証言してくれるものが、十人もいるんだからな」

時刻はもう十二時にちかく、街上には家へ帰ってゆく酔漢の姿が一、二見えるだけで、ほかには通行人もなかった。一同は往来を渡《わた》って新聞社の入口を押《お》しあけ、ボールドウィンを先頭に、階段をのぼっていった。

マクマードとウイラビーが下に残っていると、階上からわめき声と悲鳴が起こり、どたばたと足音が入りみだれ、いすの倒れる音が聞こえた。と思うと白毛《しらが》の老人が階段のうえまで逃げてきたが、そこで誰かに捕《つか》まえられて引きもどされ、老人の眼鏡がマクマードの足もとへかさかさと落ちてきた。どさりと人の倒れる音につづいてうめき声。うつ伏《ぶ》せに倒れた老人に、まわりからステッキの雨である。老人はのたうち、やせた手足を痙攣《けいれん》させた。それを見てほかのものは打つのをやめたが、ボールドウィンだけは、悪魔《あくま》のようなうす笑いを浮《う》かべたまま、両手をあげて防ごうとする老人の頭を、ステッキでメッタ打ちにしつづけた。白毛に血がにじみ出た。

ボールドウィンはなおも老人に掩《おお》いかぶさるようにして、隙《すき》を見つけては鋭《するど》い打ちこみを続けているので、マクマードは階段を駆《か》けあがって、彼を押しのけた。

「死んでしまうじゃないか！　棒をはなせ！」

ボールドウィンはびっくりして顔を見た。

「何をしやがる！　余計なことをするな、新参者《しんざんもの》のくせに！　どけッ！」彼はステッキを振《ふ》りあげて詰《つ》めよったが、マクマードはしりのポケットからピストルを抜きだした。

「お前こそ退《ど》いてろ！　おれに手向かいでもしてみろ、このピストルはだてじゃないぞ！　新参者というが、支部長が殺しちゃならないといったのを忘れたのか？　こんなになぐって、死ぬにきまってるじゃないか！」

「そうだ、そうだ」見ていた若い者がいった。

「たいへんだ！　急がねえと危ないぞ！」下からウイラビーがわめいた。「あっちこっち窓に灯火《あかり》がともった。もう五分もしたら、町じゅうのものが出てきて騒ぎたてるぞ！」

もう街上には、人々の騒ぐ声が聞こえ、階下のホールには植字工たちが小さな一団となって、勇気を出して活動をはじめようとしていた。伸《の》びてしまった老編集者を階段の上におきざりにして、悪漢どもは一気に階段を駆けおり、あとをも見ずに逃げさった。

ユニオン・ハウスへ引きあげると、一部のものはこみあった酒場へはいってゆき、マギンティに向かって仕事をすませてきたことを報告した。ほかのものは、マクマードもふくめて、裏口から出て、回り道をしてわが家へと向かったのである。

第十一章　恐怖の谷

翌朝眼《め》をさましたマクマードは、前夜の入団式のことをすぐに思いだした。飲みすぎで頭はずきずきするし、焼印をおされた腕《うで》ははれてひりひり痛んだ。友人にはいえぬ収入の途《みち》があるので、勤めのほうはよく休むくらいだから、この日もおそい朝食をすますと、午前中は部屋にこもって、友人に長い手紙を書いた。それから「ヘラルド」新聞をひろげた。締切《しめきり》まぎわに組みこんだ特別欄《とくべつらん》に、「暴漢本社を襲《おそ》う、編集長は重傷」という記事が出ている。まず彼自身がよく知っている事件の顚末《てんまつ》を記したうえ、そのあとへ次のように出ていた。

この事件は目下警察の手に移っているが、従来の前例に照らしてもその努力が報《むく》いられる見込《みこ》みは少ないとはいうものの、一部の暴漢は顔を見られているのだから、案外早く逮捕《たいほ》されるかもしれない。暴挙の原因はいうまでもなく、長期にわたってこの地に害毒を流してきた不正の一味にたいして、わが社が敢然《かんぜん》として強硬《きょうこう》なる攻《こう》撃《げき》を加えたためである。ステンジャー編集長は残忍《ざんにん》きわまる殴打《おうだ》をうけ頭部に重傷をおったけれども、幸いにして生命に別条はない。

なおそのつぎに、わが社は目下ウィンチェスター銃《じゅう》で武装《ぶそう》した鉱山巡査《じゅんさ》が警戒にあたっていると付記してあった。

マクマードは新聞を下におき、前夜の飲みすぎで震える手でパイプに火をつけようとしていると、ドアをノックして主婦が手紙を持ってきた。いましがたどこかの子供が届けにきたとかで、差出人の名はなかった。

君に話があるのだが、下宿では都合が悪いから、ミラー山の旗ざおの下まで来てもらいたい。これからすぐ来てくれれば、大切なことを話す——おたがいにとって大切なことだ。

マクマードは不思議に思い、二度くりかえし読んでみた。差出人にも心あたりはないし、いったい何を意味するのだか見当もつかない。これがもし女の筆跡《ひっせき》だったら、過去に何度か経験したことのあるような冒険《ぼうけん》のはじまりだくらいに思ったかもしれないが、これは明らかに男の筆跡である。それも相当に教養のある男だ。いくらかためらいはしたけれど、ついに彼は行って突《つ》きとめることに決心した。

ミラー山というのは町の中心にある荒《あ》れはてた公園である。夏には遊びに行く人でにぎわうけれど、冬はほとんど人の行かないところだ。頂上からながめると、うす汚《よご》れた乱雑な町が一望のうちにあるばかりか、うねくねとした谷ぞいに、鉱山や工場が雪のなかにくろぐろと点在し、それをとりまく雪におおわれた森のある山脈までが一目にみわたせる。

マクマードは両がわに常磐木《ときわぎ》がかきねのように生《お》い繁《しげ》るうねくねした小路《こみち》をゆっくりと、夏期は人出の中心になるのだが、いまは人気《ひとけ》のないレストランのところまで登っていった。そのそばに旗ざおが空《むな》しく立っている。旗ざおの下に、オーヴァーのえりを立てて帽子《ぼうし》をぐいと目深《まぶか》にかぶった男が立っていた。こっちを向いたのを見ると、ゆうべ支部長の不興をかったモリスである。すぐに支部員の秘密合図が交《かわ》された。

「君に話したいことがあるのでね、マクマード君」年うえのモリスは、込みいった話だとみえて、まずためらいがちに切りだした。「よく来てくれました」

「なぜ手紙に名を書かなかったんですかい？」

「人は注意ぶかくしなけりゃね。こんな場合には、どんなことで跳《は》ねかえりが来るかもしれない。誰《だれ》を信じ、誰を疑うべきか、さっぱりわかりませんからね」

「それにしても支部のものは信じていいはずだ」

「いやいや、かならずしもそうでない」モリスは語気をつよめて、「われわれのいうことは、どうかすると考えただけでも、みんなマギンティの耳にはいるらしい」

「待ってくれ」マクマードははげしい勢いでいった。「君も聞いていたとおり、おれはたったゆうべ支部長に忠誠を誓《ちか》ったばかりだ。君はその誓いを破れというのかい？」

「君がそんな気持なら、わざわざこんなところへ呼びだして、すまなかったと謝るしかない。それにしても二人の自由な市民が、たがいに思うことをいえないとは、困ったことになったものだ」

この仲間の様子をじっと見ていたマクマードは、いくらか態度をやわらげて、

「自分の気持をいっただけのことさ。なにしろ新参者だから、万事不案内《ばんじ》でね。おれのほうからは何も話すことなんかありゃしない。君から話があるのなら、聞こうじゃないか」

「聞いたらマギンティに伝えるつもりだろう？」

「そいつは誤解というものだ。なるほどおれとしては支部に忠誠をつくすつもりでいる。だからそのことを正直にいったまでで、君が極秘《ごくひ》で打ちあけたことを、すぐ他人にしゃべるほどケチな男じゃないつもりだ。断っとくが、誰にもしゃべりゃしないかわりに、君のいうことに肩《かた》をもったり手を貸したりする気はないよ」

「そんなことをしてもらいたいと願っているわけじゃない。これを話したら、おれは君に命綱《いのちづな》を預けたことになるんだが、君がいくら悪い人間だとしても――ゆうべなんか君は、何とかして悪人に見せかけたがっているように見えたが――やっぱり君は新参なんだ。ほかの連中ほど良心が麻痺《まひ》しているわけはなかろう。だから君と話がしてみたいと思ったのだ」

「でどんな話なんだい？」

「人にしゃべったら、天罰《てんばつ》があたる」

「誰にもいわないといったじゃないか」

「じゃいうが、君はシカゴで自由民団に入団して、慈善《じぜん》と誠実の誓いをするとき、そのため将来罪を犯《おか》すことになろうとは気がつかなかったのか？」

「それが罪というものならね」

「罪というものだって？」モリスは激情に声をふるわせながらいった。「あれが罪でないと思っているのだったら、君は何も知らないのだ。ゆうべ君のお父さんといってもいいほどの年寄が、白毛が血で染まるほどなぐられたのは、あれは罪ではないのか？　あれが罪でなかったら、君は何というのだ？」

「闘争《とうそう》だというものもあるな。二つの階級のあいだのへとへとになるまでの闘争。だからどっちも死力をつくしてやるのさ」

「じゃ何かい？　君はシカゴで入団するときから、ちゃんと覚悟《かくご》していたのか？」

「そう尋《き》かれると、違《ちが》うといわざるをえない」

「おれだってフィラデルフィアで入団するときは、そうだった。ただの共済クラブで、飲み仲間の集まる場所だと思っていた。そのうちにこの土地のことを聞いた――ああ、こんなところを知らなかったらよかったのに！――しかもおれは生活を向上するつもりで、ここへ来た。ああ、それができるつもりだったのだ！　家内と三人の子供をつれてきて、まずマーケット・スクエアで服地やメリヤス製品の店を開いた。店は繁昌《はんじょう》した。だがそのうちおれが自由民団員だといううわさがひろまって、ゆうべの君と同じように、ここの支部へむりにはいらされた。おれは腕に恥《は》ずべき焼印のある人間だ。心にはもっと悪い焼印をおされている。気のついた時は、悪いやつの命令のままに、罪を犯させられていた。どうしたらいいと思う？ 支部のためを思って何かいえば、ゆうべのように謀叛《むほん》だといわれる。といっておれはいっさいを店に打ちこんでいるのだから逃《に》げだすわけにもゆかない。そうかといって支部を脱退すれば、殺されるのはわかりきっている。殺されたら家内や子供はどうなると思う？ ああどうしたらいいのだ？ 何という恐《おそ》ろしいことだろう！」

モリスは両手で顔を覆《おお》い、身をふるわせてすすり泣いた。

「お前は気がやさしすぎる。こんな仕事には向かないのだね」マクマードは肩をすくめた。

「おれには良心もあるし信仰《しんこう》もある。それだのにあいつらは、寄ってたかって犯罪者のなかに引き入れてしまった。おれに仕事を割りあてたのだ。もし手を引いたら、おれの身がどうなるかよくわかっている。卑怯《ひきょう》というかもしれない。妻子を思う心がそうさせるのだろう。とにかくおれは出かけていった。あのときの思い出は、一生おれを苦しめるだろう。ここから山越《やまご》えして二十マイルもある寂《さび》しい一軒家《いっけんや》だった。おれはゆうべのお前のように、表で見張る役を割り振られた。たよりなくて、直接手を下す役にはまわされないというわけだ。

みんなは中へはいっていった。出てきたのをみると、みんな手首からさきをまっ赤に染めていた。逃げて行くおれたちを、家のなかから子供の泣きさけぶ声が追っかけてきた。五つになる男の子で、その眼のまえで父親をよってたかって殺してきたのだ。内心は気絶しそうになりながら、おれはずぶとく見せ、顔には微笑《びしょう》をうかべていなければならなかった。そうでもしなかった日には、こんどはおれの家からあいつらが手を血だらけにして出てゆくのがよくわかっているからな。父の殺されるのを見て、フレッドが泣きさけぶことになっては、たまったもんじゃない。

だがこれでおれも立派な犯罪人になった。人殺しの従犯だ。この世で救われぬのはもとより、来世も天国へゆける人間ではない。おれはカソリックの信者だけれど、スコウラーズの一員で、信仰に背《そむ》いた身だと聞いたら、どこの神父さんも簡単に相手にしてくれまい。

というわけで、君がいま同じ道を歩こうとしているのを見て、黙《だま》ってはいられないのだ。末はどうなるか、さきのことを考えてみたことがあるのかい？　やっぱり血も涙《なみだ》もない殺人者になる気かい？　それともそうならないですむ方法はないものだろうか？」

「君ならどうする？」マクマードがふいに尋《たず》ねた。「密告するのかい？」

「そんなことができるものか！　そんなことを考えただけでも、命はない」

「それならいいけれど、お前は気が弱いよ。たいしたこともないのに大騒《おおさわ》ぎしすぎる」

「たいしたこともないって？　もうすこしこの土地にいてみたら、何もかもわかる。谷を見おろしてみたまえ。何百という煙突《えんとつ》のはく煙《けむり》でうす暗くなっている。だがそれよりも暗い殺人の雲が、この谷の人々の頭のうえには覆いかぶさっているのだ。ここは恐怖《きょうふ》の谷――死の谷なのだ。日暮《ひぐ》れから朝まで、市民たちは恐れおののいている。まあ見ているがいい。いまに何もかもわかるだろう」

「じゃもっとよく見てから、おれの考えをお前に話そうよ」マクマードは考えもしないでいった。「ただはっきりわかっていることは、お前がこの土地にそぐわないということだ。一日も早く店のものを投げ売りしてしまうことだ。ふだん一ドルに売れるものが十セントにも売れたら結構というものだ。それから――そうさ、今日お前のいったことは、どこへも漏《も》らしゃしない。お前が密告する人だと思えば……」

「そ、そんなことをするもんか！」モリスは哀《あわ》れっぽく叫《さけ》んだ。

「そんならそれでいいさ。今日お前のいったことは、よく心に銘《めい》じておいて、いつかは思いだすこともあろうよ。お前さんがこんな話をしてくれたのも親切からだろうからね。じゃおれはもう帰るよ」

「ちょっと、もうひと言だけ。こう話しているところを、誰かに見られたかもしれない。見たら何を話したか知りたがるだろう」

「ふむ、いいところへ気がついたな」

「おれがお前に店の番頭になれと口説《くど》いた」

「おれがそれを断った。そういう用事だったことにしよう。じゃ、あばよ。お前のことが万事うまくゆくように祈《いの》っている」

その日の午後、マクマードが下宿のストーヴのそばで、タバコをのみながら独りで考えこんでいると、とつぜんドアがあいて、入口のわくいっぱいにマギンティが大きなからだを現わした。彼《かれ》はまず規定の合図を交してから、若ものの正面へきて腰《こし》をおろし、じっと相手を見すえた。マクマードも落ちついて見かえす。

「おれのほうから人の家を訪ねることはあんまりないのだがね」やっとマギンティは切りだした。「それというのも、お客の応対で忙《いそが》しくて、そんな暇《ひま》がないってわけなんだが、今日はむりにも都合をつけて、やってきた。君の家で話をしたいと思ってな」

「議員さんのご来臨を得たのは光栄のいたりです」とマクマードは誠意をこめていい、戸だなからウイスキーのびんをとりだした。「まったく思いがけない光栄です」

「腕はどうだね？」

「忘れていられるほどでもありませんよ」マクマードは渋面《じゅうめん》をつくってみせた。「でもやっただけのことはありますからね」

「ふむ、やっただけのことがあるというが、それはあくまでも支部に忠実で、これと運命をともにする、役にたつ人物にかぎるのだ。お前はけさミラー山でモリスと何を話したんだ？」

詰問《きつもん》は思ったより早くきたが、準備があったので返事にはまごつかなかった。マクマードは思いきり笑って、

「モリスは私がこの部屋にいて、結構金もうけしているのを知らないんだね。おれなんかとは比べものにならない正直ものだから、どうせわかりっこはないけれど、あれは情ぶかい老人だね。おれが困っているかと思って、親切のつもりで、遊んでいるなら雑貨屋の店を手つだわないかというんです」

「なんだ、そんな話だったのか？」

「そうなんですよ」

「で断ったのか？」

「もちろんですよ。この部屋にいて、たった四時間で十倍ももうかるもの」

「そりゃそうだが、おれはどうもモリスが気にくわん」

「そりゃまた、どうしてです？」

「ただ何となくだ。この土地じゃ、それだけいえば通じる」

「ほかの者はとにかく、私にはわかりませんね」マクマードはずばりといった。「気にくわないというからにゃ、議員さんだって、ちゃんとした考えがあってのことでしょう？」

色のくろい巨漢《きょかん》は相手をにらみつけ、頭をねらってグラスを投げつけでもしそうに、毛むくじゃらの手でいったんぐっとつかんだが、たちまちわははと大きな声で、腹のくろい笑いかたをした。

「てめえおかしな野郎だな。よし、わけが聞きたきゃ教えてやろう。モリスは支部の悪口をいわなかったか？」

「いいえ」

「おれの悪口は？」

「いいませんよ」

「じゃ、あいつおめえを信じなかったんだ。あいつ腹のなかじゃ、支部なぞどうだっていいんだ。それがわかっているから、警戒《けいかい》しながら、訓戒の時機を待っているのさ。おれの考えじゃ、そろそろその時機がちかいと思う。支部じゃ卑怯ものなんぞに用はねえ。てめえもあんなやつとつきあっていると、同類と見られるかもしれねえ。気をつけろよ」

「つきあうわけもないや、あんな男はきらいだもの。同類だの卑怯だのって、議員さんでなかったら、聞きずてにはしないところだね」

「うむ、そう聞いて安心した」とマギンティはグラスを乾《ほ》して、「時機を失しないうちに注意しとこうと思って来たんだが、万事わかったな？」

「ちょっとお尋きしますがね、おれがモリスと話したことが、どこからわかったんですかい？」

　マギンティは笑って、

「この町であったことは、何でも知るのがおれの仕事だ。どんなことでも、おれの耳へはかならずはいるものと思うがいい。さあ、これで話はすんだ。たった一ついっとくが……」

マギンティの別れの言葉は、思いもよらないことのため中断された。このときさっとドアを押《お》しあけて、三人の張りきった男が、しかめ面《つら》のうえに巡査《じゅんさ》の帽子をのっけて、二人を注視したのである。マクマードはすっと立ちあがって、ピストルを出しかけたが、ウィンチェスター銃《じゅう》が二つも自分の頭をねらっているのに気がついて、その手をとめた。一人の巡査が、六連発のピストルを手にしてはいってきた。シカゴにいたことがあり、いまは炭鉱会社の巡査になっているマーヴィンである。彼はうす笑いを浮《う》かべた顔をマクマードのほうへしゃくって、

「シカゴ下りのマクマード、何かやらかすだろうと思っていたんだ。そんなものは放したらどうだね？　それよりも帽子をかぶっておとなしくおれたちに従《つ》いてこい」

「責任はとるのだろうね、マーヴィン君？」マギンティがいった。「だしぬけに人の家へはいってきて、法律を守っている善良な市民を理由もなく引っぱってゆくとは、どういう資格があるんだか、そいつを承《うけたまわ》ろうじゃないか？」

「マギンティ議員さんも、こいつばかりは手を出さないでもらいましょう。あんたには用はない。このマクマードを引っぱりに来たんだ。公務の邪魔《じゃま》なぞしないで、手つだってもらいたいね」

「マクマードはおれの友人だ。この男のしたことはおれが責任をもつ」

「あんたには、あんたのしたことで、近いうち必ず責任をとってもらう。このマクマードという男は、ここへ来るまえから悪いことをするやつだったが、まだやめとらん。おい君、こいつに銃を向けていてくれ、武器を持っとらんか身体検査をしてやるんだ」

「おれのピストルならそこにある」マクマードは落ちついたものだった。「おれ一人のところへはいってきたのなら、一対一なら、こうやすやすとは捕《つか》まらなかったろうよ、マーヴィン」

「逮捕状《たいほじょう》を見せろ！」マギンティが食いさがった。「お前のようなものが巡査でいるヴァーミッサで暮らせるものなら、ロシアへいったたって平気なもんだろう。こいつは資本家の横暴だ。このままにゃしないから、そのつもりでいろ！」

「あんたにはあんたの職務があるだろう。こいつはわれわれの職務だからね」

「おれに何のとががあるというんだ？」マクマードが食ってかかった。

「ヘラルド新聞社で、老編集長のステンジャーをなぐった問題だ。殺人にまでゆかなかったのは、まあよかったよ」

「なあんだ、そんなことか」とマギンティは笑っていった。「そんなことなら、むだだからよしたほうがいいね。この男ならゆうべはおれんとこのサロンで、十二時ごろまでポーカーをやっていた。それを証明できるものは、十人くらいならすぐ連れてこられるぜ」

「そんな話にゃ乗れないね。あす法廷《ほうてい》へ申し出たらいいだろう。それよりもマクマード、さあ行こう。銃の台尻《だいじり》でドタマを食らわされるのがいやだったら、おとなしく来るんだ。議員さんはちょっとそこを退《ど》いてもらおう。職務遂行《すいこう》を邪魔するものは、いっさい容赦《ようしゃ》しないことにしとるんだからな」

マーヴィンの剣幕《けんまく》があんまりはげしいので、マクマードもボスも断念して、おとなしく従うしかなかった。マギンティは連れてゆかれるマクマードの耳に、二こと三こと吹《ふ》きこんだ。

「どうなっている？」おや指をあげて、偽造機《ぎぞうき》のことをにおわす。

「大丈夫《だいじょうぶ》さ」マクマードは床下《ゆかした》に安全な隠《かく》し場所を工夫《くふう》しているので心配はない。

「じゃ行ってこいよ」ボスは握手《あくしゅ》をもとめながら、「弁護士のライリーに会って、おれが弁護を引きうけてやる。けっして有罪にはならないから、安心していろ」

「そんなことがわかるもんか。お前たち二人、この男を見ていろ。変なまねでもしたら、射《う》ち殺してもいい。行くまえに、おれはここを一応捜査《そうさ》してみる」

マーヴィンは部屋を調べたけれど、隠してある設備はその跡《あと》すら発見できなかったようだ。やがて彼は二人の部下といっしょに、マクマードを本署へつれて帰った。とっぷりと日が暮れて、はげしい吹雪《ふぶき》にさえなったので、道ゆく人の姿はほとんど見られなかったが、二、三のやじ馬はあとをつけてきて、やみを幸いと引かれゆくマクマードに罵声《ばせい》をあびせた。

「スコウラーズの野郎、リンチしてしまえ！　リンチだ、リンチだ！」

彼らは声をあげて笑い、警察へはいるところを見てあざけりを加えた。係り警部から簡単に、形式的な調べをうけたあとで、雑居房《ざっきょぼう》へ入れられた。はいってみると、ボールドウィンはじめ、前夜の仲間が四人も捕《とら》えられてきており、裁判は明朝はじまるということだった。

だが自由民団の手はながく、この法律的とりでのなかまでも届いていた。その夜おそく、寝床《ねどこ》がわりのわら束《たば》を持ってきてくれた看守は、そのなかに忍《しの》ばせたウイスキー二本、グラス、カード一組などを出した。おかげで一同は、翌朝の責苦などは忘れて、一夜を陽気にすごすことができた。

だが結果が示したように、彼らはもともと心配なぞすることはなかったのである。証拠《しょうこ》にもとづいて、治安判事は事件を正式裁判にかけると宣告を下すことができなかった。しかも一方では、植字工や印刷工たちはある方面から強制されて、夜のことではあり、慌《あわ》ててもいたので、このなかに犯人がいるようには思うけれど、はたしてどれがそれなのか、宣誓《せんせい》のうえ断言するのは自信がないと申したてたのである。それに加えて、マギンティの依頼《いらい》をうけた練達の弁護人は、反対尋問《はんたいじんもん》によって、彼らの証言をますますつかみどころのないものにしてしまった。

これよりさき被害者《ひがいしゃ》は、襲撃《しゅうげき》があまりに突然《とつぜん》だったので、自分としてはまず手を下した犯人が鼻下にひげをはやしていたということのほか、ほとんど何も覚えていないと証言していたのであるが、ここで改めて、ほかに恨《うら》みを抱《いだ》くものがあろうとは思えないから、社説で攻撃《こうげき》したのを根にもって、かねてから脅迫《きょうはく》を加えているスコウラーズのやったことにちがいないと補足陳述《ちんじゅつ》した。これにたいして、市の高級吏員《こうきゅうりいん》であるマギンティ議員をふくむ六人の「善良なる市民」が、終始一貫口をそろえて断乎《だんこ》と、これらのものは当夜凶行《きょうこう》の時刻より一時間もあとまで、ユニオン・ハウスのカード・パーティに出ていたと証言したのである。

そこで被告たちが、判事席からの、迷惑《めいわく》をかけたとわびんばかりのあいさつと、マーヴィンと二人の部下にたいする公務に熱中のあまりのやりすぎへの遠まわしのことを聞いたのち、釈放されたことは申すまでもない。

この判決は、マクマードにとって顔なじみの多い満廷から喝采《かっさい》をもって迎《むか》えられた。支部の同志たちはにこにこしながら、たがいに手を振《ふ》って合図した。しかしほかに、被告たちが被告席から解放されてぞろぞろと出てくるのを、口をきっとむすび、考えこんで見おくるものも、ないではなかった。そのなかの一人、小がらで黒いあごひげのある果断そうな男は、仲間の気持を代表して、釈放された連中が眼《め》のまえを通るのを見送りながら、低い声でいった。

「この人殺しめが！　いまに見ろ！」

第十二章　最悪の日

もしジャック・マクマードにたいする同志の人気を促進《そくしん》するものが必要だったとすれば、それは彼の逮捕と釈放であろう。支部に加盟したその晩のうちに、治安判事の前へ引きだされるようなことをやってのけたのは、支部の記録やぶりだった。もとより彼は早くもよい飲み仲間で、陽気な騒ぎ手で、そのうえ事と話によってはボスにさえ食ってかかろうという、鉄火の気性《きしょう》の男と評判をとっていた。加えて、こんどのような残忍《ざんにん》な凶行を容易に案出しうる頭脳があるばかりか、それを巧《たく》みに実行に移しうる手腕《しゅわん》ある人物は、彼《かれ》をおいてほかにないとの印象を、仲間に与《あた》えた。

「あいつがやれば安心だ」

老人たちはこんなことを話しあい、その腕前《うでまえ》を発揮《はっき》させる日のくるのを待った。マギンティにしても多くの手先をもってはいたが、これほど使える男はないと思った。ブラッドハウンド種の猛犬《もうけん》の手綱《たづな》をもっているような気がした。小さな仕事なら、いくらもいる手下でたくさんだ。いつかはこの犬を大きな餌食《えじき》に向かって放してやろうと思った。

ボールドウィンもふくめて、二、三のものは、この新参ものの成りあがりぶりを快《こころよ》く思わず、そのため大いに憎《にく》んだが、ケンカにはきわめて出足が早くて強いことを知っているから、敬遠していた。

だが、彼は仲間うちに人気があったとはいうものの、べつの一面があって、彼にとってはそれがきわめて肝要《かんよう》なことになってきたのだが、それがために人気を失うことにもなった。それというのは、エティーの父親シャフターが彼を相手にしなくなり、家への出入りさえ許さなくなったのである。エティー自身は、彼を全《まっ》くあきらめてしまうには、深く愛しすぎていた。といって良識から、犯罪者と目《もく》されているような男と結婚《けっこん》などしたら、将来どんな結果になることかと案じられもした。

ある朝、寝もやらずに思いなやんだあげく、彼に会ってみる決心をした。これが最後になる可能性もあるけれど、とにかく会って、彼を堕落《だらく》のふちへ引きずりこもうとしている悪の感化から足を洗わせるように、大いに骨を折ってみようと思いついたのである。

来い来いとたびたびいわれていた下宿へ彼女《かのじょ》は訪ねていった。いつも居間にしている部屋へ行ってみると、彼はこっちへ背なかをみせてテーブルに向かって手紙を書いていた。ふと彼女は娘《むすめ》らしいいたずらっ気がおこった——彼女はまだ十九歳《さい》なのである。戸をあけた音にマクマードは気がつかなかったので、彼女はつまさきだって近づき、うしろからそっと肩《かた》に手をおいた。

びっくりさせるだけのつもりは、たしかに成功だったといえる。だがそのかわり、彼女のほうもアッといわなければならなかった。肩に人の手を感じたマクマードは、猛然と立ちむかい片手でのどを締《し》めにくるとともに、のこる手でテーブルのうえの手紙をもみくちゃにしたのである。一瞬《いっしゅん》、彼は眼をいからして立ちつくしたが、猛悪にゆがめられたその顔は——生まれてこのかた彼女の見たこともない、思わず縮みあがるような猛悪なその顔は、たちまち驚《おどろ》きにかわり、喜悦《きえつ》にかがやいてきた。

「なあんだ、お前だったのか！」彼は額の汗《あせ》をふきながら、「お前がきてくれるとは！　おれの魂《たましい》ともいうべきお前、そのお前を迎えるのに首を締めようとするとは、何ということだ！　さ、おいで、仲なおりしよう」と彼は両手をひろげて彼女を待った。

だが彼女は男の顔のなかに読みとったやましい恐怖《きょうふ》のかげが、まだ眼底を去らなかった。女の本能が、いまのはただの驚きでないのを彼女に語った。やましさ――そうだ、たしかにやましいところのある恐怖なのだ。

「どうしたのよ、ジャック？　どうしてそんなにわたしをこわがるの？　良心にやましいところがなければ、そんな顔して私ばかり見ることないじゃありませんか？」

「そうだとも、おれはほかのことを考えてたんだ。そこへお前がそうっと歩みよって……」

「ちがうわ。それだけじゃなかったわ」彼女は急に疑惑におそわれた。「その手紙みせてごらんなさいよ。誰《だれ》に書いていたのよ？」

「エティー、いけないってば！」

疑惑は確信にかわってきた。

「よその女の人に書いていたんです。わかっているわ。でなきゃなぜ、わたしに見せまいとなさるの？　奥《おく》さんへ書いていたのでしょ？　奥さんがないなんて、よそから来た人なんだし、わかったもんじゃないわ」

「そんなもの、ありゃしないよ。誓《ちか》っていう。おれにはこの世でお前のほか女はないのだ。キリストの十字架《じゅうじか》にかけて、それを誓う」

顔から血の気が引くほどの真剣さをみせていうので、エティーもそれを信ずるしかなかった。

「じゃなぜその手紙みせてくださらないの？」

「それはね、誰にも見せないと誓約がしてあるんだ。お前との約束《やくそく》に背《そむ》かないのと同じに、この約束だって守りたいからね。なあに、支部のことなんだけれど、こいつばかりはお前にも秘密さ。さっき肩を押さえられて驚いたのだって、探偵《たんてい》かと思ったからなんだぜ」

どうやらうそではないらしいと彼女は感じた。マクマードは彼女を両腕で抱《だ》きよせ、わずかにのこす恐《おそ》れや疑惑を、キスで払拭《ふっしょく》した。

「ここへおすわりよ。女王さまをお迎えする玉座としては、ちと怪《あや》しげだけれど、これでも金のないおれのところでは最上の席なんだ。そのうちには、立派なところへすわらせてやりたいものだと思っている。どうだい、少しはきげんをなおしておくれよ」

「でもわたし心配だわ。あなたは悪いことをする人なんですもの。いつ人殺しとして捕まるかわからない人だと思えば、おちおち安心してなんかいられないわ。うちへ下宿している人がきのうも、スコウラーズのマクマードっていってたけど、それを聞いてわたし、ナイフで胸を刺《さ》されるような気がしたわ」

「なあんだ、悪口くらいいわれたって、痛くもかゆくもないよ」

「だってほんとうのことなんですもの」

「そんなことをいうけれどね、お前の考えているほど悪かないのだよ。われわれは独自の方法で貧者《ひんじゃ》の権利を擁護《ようご》しようとしているにすぎないのさ」

エティーは両手で愛人の首にすがりついた。

「およしなさいよ、ね、わたしおねがいするわ。後生だからやめてちょうだい。きょうここへ来たのも、それをお願いするためよ。ね、ジャック、折りいってお願いするわ。こうしてひざをついて、手をあわせてお願いするわ」

彼はエティーをたすけ起こし、その顔を自分の胸にあてさせてきげんをとった。

「お前はなんにも知らないのだ。知らないからそんなことをいうのだ。自分の厳粛《げんしゅく》な誓いを破ったり、盟友を棄《す》てたりすることになるのに、どうしてそんな事ができよう！　事情を詳《くわ》しく知ったら、お前だってそんな無理はいえないに決まっている。それにおれがやめたいといったって、今さらそうはゆかないのだ。支部は秘密をすっかり知っている男を、解放してくれるとでも思っているのじゃなかろうね？」

「わたしもそれは考えたのよ。だからいい方法を思いついたわ。お父さんがいくらかお金を残しているの。そしてこんな恐ろしい人たちのいるところはいやだからって、どこかへ行きたがっているのよ。だからフィラデルフィアかニューヨークへいっしょに逃《に》げましょうよ。そうすれば、もう何も恐れることないわ」

　マクマードは笑った。

「支部の手は長いのだ。フィラデルフィアやニューヨークまでは届くまいと思ったら、大間違《おおまちが》いだぜ」

「じゃ西部か、それともイギリスか、お父さんの故郷のスエーデンにしてもいいわ。この恐怖の谷から出られさえしたら、行きさきはどこでもいいのよ」

　マクマードは老いたる同志モリスを思いだした。

「ふむ、この谷をそんな変な名で呼ぶのは、これで二人目だ。お前たちの頭のうえに覆《おお》いかぶさっている影《かげ》は、よくよく暗いと見えるな」

「毎日の生活をまっ暗に覆っているわ。テッド・ボールドウィンがわたしたちを許しておくと思って？　あんたがこわければこそ手出しはしないでいるけれど、そうでなかったら、私たちどうなっているかわからないわ。わたしを見るときの眼つきったら、そりゃ気味がわるいったらないのよ」

「ちきしょう！　そんなのは見つけ次第《しだい》、うんと懲《こ》らしてやる。だがね、エティー、おれはここを離《はな》れられないんだよ。ぜったいにだめなんだから、そう思ってくれ。ただね、おれの思いどおりにさせてくれたら、大手を振ってここを出られるようにしてみせるつもりだ」

「大手を振るなんて、そんなとこで見えをはることないわ」

「だからお前はなにも知らないっていうんだ。まあ六カ月だまって見ててくれ。そのうちにはきっと、仲間と顔があっても恥《は》ずかしくなく、この土地を離れられるようにしてみせる」

　エティーはうれしそうに笑った。

「六カ月ね？　きっとよ？」

「七、八カ月にもなるかもしれないが、どんなにながくても一年以内には、この谷を出る」

　エティーとしてはこれ以上どうにもならなかった。でもこれだけでもありがたいのだ。まっ暗だった眼さきへ、遠くのほうから光明がさす思いだった。彼女はジャック・マクマードという男を知ってから初めての朗《ほが》らかさを抱いて、父の家へと帰っていった。

支部の一員になったのだから、支部の出来事はいっさい知らされるものと思いそうだが、マクマードはまもなく、組織は一支部などの比ではなく広くて複雑なものであるのを知った。マギンティでさえ知らされないことがたくさんあった。というのは、谷をずっと下ったところにあるホブスン平《だいら》に、郡委員という役員がいていくつかの支部を支配しており、それがずいぶんだしぬけに、横暴な命令を出したりするからである。

マクマードは一度しか見たことがないが、この郡委員というのは頭の半白になった小柄《こがら》なずるそうな男で、こそこそと歩きまわり、悪意ある横目で人を見た。エヴァンズ・ポットという名だが、ヴァーミッサを押《お》さえている支部長でさえ、巨漢《きょかん》のダントンが小男のくせに凶暴《きょうぼう》だったロベスピエールを恐れたように、彼の前へ出ると何となく反発を感じるのだった。

ある日同宿のスカンランがマギンティから手紙をうけとった。そのなかにはエヴァンズ・ポットからの手紙が同封《どうふう》してあった。ポットの手紙には、そちらである仕事をやらせるために、ロウラーとアンドルーズの二名の優秀な部下を送るが、仕事の内容は知らさないほうがよかろう。支部長はどうか、行動開始の時がくるまで、適当な宿舎を手配してやってほしい、という意味が書いてあった。それにつけ加えてマギンティは、ユニオン・ハウスにおいたのではかならず人目につくから、マクマードとスカンランとでしばらく同宿させてやってくれないかと頼《たの》んできたのである。

その晩のうちに、めいめいかばんを手にした男が二人やってきた。ロウラーのほうは利口そうで無口な、わりに年とった男で、白毛《しらが》まじりのもじゃもじゃしたあごひげがあり、ふるぼけた黒のフロックコートを着て中おれ帽《ぼう》をかぶったところは、見たところ巡回《じゅんかい》伝道者といった様子である。相棒のアンドルーズのほうは、これはまた子供といってもよいくらい若くて、飾《かざ》り気のない顔つきの元気もので、まるで休暇《きゅうか》で遊びにでもきたように、もっぱら楽しそうだった。

二人とも酒は絶対にやらず、行動はあらゆる点で模範的《もはんてき》な団員といえた。それでいて二人はこの暗殺団のもっとも有能な手先であることをしばしば立証してきたのである。すなわち今日までにロウラーは十四回、アンドルーズは三回、使命達成の経験をもっているのである。

二人が過去の経験を平気で話すのをマクマードは発見した。それも社会のためおのれをすてて恥《は》じらいがちの誇《ほこ》りをもって話すのである。しかしこんどの仕事については、口をとざして何も語ろうとしなかった。

「おれたちは酒を一滴《てき》もやらないから選ばれたんだ」ロウラーは自慢《じまん》らしかった。

「よけいなことに口をすべらす心配がないからな。悪くとっちゃいけないよ。しゃべらないのは郡委員の命令を守っているまでなんだからな」

「いいとも。みんな内輪なんだもの」スカンランがいった。四人そろって夕食をとっているときのことである。

「ほんとだ。まあここしばらくは、チャーリイ・ウィリアムズ殺しだの、サイモン・バード殺しだの、そのほかすんだ話だけにして、こんどのことは済ますまで何もいわねえことにしよう」

「この土地にゃおれからあいさつしたい人間が五、六人もいる」マクマードがいまいましそうにいった。「お前のねらっているのはアイアン・ヒルのジャック・ノックスじゃあるまいね？　あいつなら当然の報《むく》いをうけていいやつなんだ」

「いや、そいつはまだだね」

「じゃハーマン・ストラウスは？」

「そいつでもない」

「ふむ、いえないものは仕方がないが、知りたいなあ」

ロウラーは笑うだけで、首を横にふって答えなかった。容易に釣《つ》りこまれない男だ。二人の客人は口がかたいけれど、スカンランもマクマードも、せめて彼らのいう「おもしろいこと」の現場だけは見たいと思った。だからある朝はやく、マクマードは二人が階段をぎしぎしいわせながら降りてゆくのを聞きつけると、スカンランを揺《ゆ》りおこして、急いで服を身につけにかかった。服を着おわって出てみると、二人は玄《げん》関《かん》を開けはなしたまま出ていった後だった、まだ夜は明けきっていないが、二人が向こうのほうを歩いてゆくのが、街燈《がいとう》の光で見えた。そこでこっちの二人は、深い雪を踏《ふ》んで足音を忍《しの》ばし、用心ぶかく二人の後を追った。

下宿は町はずれに近いのだが、二人は町を出はずれたところにある交差点へいった。そこには三人の男が待っていて、二人はその人たちとちょっと立話をしてから、こんどは五人づれで歩きだした。人手を要する大がかりな仕事だとみえる。この交差点からは、各鉱山へ通じる道がわかれていたが、一行はクロウ・ヒルといって、強力な男の管理している大鉱山へ行く道を進んでいった。これはジョサイア・H・ダンというニューイングランド生まれの大胆《だいたん》な男で、恐怖時代になっても久しく厳《げん》として秩序《ちつじょ》と規律をくずさないでいるやつである。

しだいに夜が明けはじめ、労働者たちが三々五々と暗い地面を歩いてゆく。スカンランとマクマードはその労働者の行列にたちまじって、五人を見失わないように歩きつづけた。あたりには深い霧《きり》がおりていた。その霧の中から、ふいに汽笛《きてき》が聞こえてきた。一番方の昇降機のおりる十分まえの合図である。

竪坑《たてこう》のそばの広場へいってみると、百人あまりの坑夫たちが、冷たいので足踏みしたり、手に息をはきかけたりしながら待っていた。五人の一行はエンジン室のかげで、一団になっていた。スカンランとマクマードはボタ山へのぼったので、あたりがすっかり見えた。

あごひげのあるスコットランド生まれのメンジズという大男の技師が、エンジン室から出てきて、一番方昇降機おろしの合図の笛《ふえ》を吹いた。すると同時に、背のたかい、しまりのないからだつきにひげのない生《き》まじめな若い男がせかせかと坑口へ歩みよった。支配人である。歩きながら彼は、エンジン室に寄りそうように黙《だま》って立っている五人に気がついた。みんな帽子を目深《まぶか》に、えりを立てて顔をかくすようにしている。支配人は瞬間冷たい死の予感にひやりとした。だがすぐにそれを払《はら》いのけ、邪魔《じゃま》ものにたいする責任感だけでそのほうへ歩みよった。

「お前たち何だ？　そんなところで何をうろついているんだ？」

誰も答えなかった。そのなかからアンドルーズ少年が歩み出て、支配人の鳩尾《みぞおち》へ一発射《う》ちこんだ。待っていた百人にあまる坑夫たちは、麻痺《まひ》したもののように、為《な》すところなく突《つ》っ立っているばかりだった。支配人は射たれたところを両手で押さえ、からだを折るようにしてよろよろと逃げかけたが、暗殺団からまた一発浴びせられたので、ボタ山のうえに横ざまに倒《たお》れ、手足をもがいた。

スコットランド人のメンジズ技師は、これを見て激怒《げきど》のあまりどなりつけながら、鉄のスパナを振りあげて迫《せま》っていったが、顔面に二発くらって、ばったり倒れたきりだった。

坑夫たちのなかには、暗殺者めがけて押しよせるものもあり、同情と怒《いか》りのわけのわからぬ声が起こったが、暗殺団のなかの二人が、群衆の頭上へ六連発をつづけさまに射つと、隊伍《たいご》を乱してくもの子を散らすように、なかにはヴァーミッサのわが家をさして夢中《むちゅう》で逃げ帰るものもあった。

勇気のある少数のものが、気をとりなおして坑口へひき返してみると、殺人団はすでに朝霧《あさぎり》のなかへ姿を消したあとで、百人もの眼《め》のまえで二人殺しをした犯人の人相を証言しうるものは一人もなかったのである。

スカンランとマクマードは帰途《きと》についた。なかでもスカンランはいくらか元気がなかった。それは人殺しの実況《じっきょう》を目撃《もくげき》するのは初めてだったからであるが、話にきくような「おもしろいもの」ではけっしてなかった。殺された支配人の妻の恐るべき悲鳴が、町へ急ぐ二人のあとをどこまでも追っかけてくる気がした。マクマードはなにか考えこみ、沈黙《ちんもく》がちであったが、さればといって相棒の気の弱さに同情することもしなかった。

「そうさ、戦争のようなもんだよ。あいつらを相手じゃ、それしかないじゃないか。もっともいいところをねらって、攻撃《こうげき》を加えるのさ」

その夜ユニオン・ハウスの支部の部屋では、さかんな酒宴《しゅえん》があった。クロウ・ヒル鉱山の支配人と技師を殺して、この会社をこの地方の脅迫《きょうはく》をうけ恐怖におそわれている他の鉱山なみの水準に引きさげたばかりでなく、遠隔《えんかく》の地においてこの支部が獲得《かくとく》した勝利を祝うためでもあった。

郡委員のポットは、五人の部下を送ってヴァーミッサに一撃を与《あた》えるとともに、その代償《だいしょう》として、ギルマートン地区で人気のある鉱山主の一人たるステーク・ロイヤルのウィリアム・ヘールズを殺すため、ヴァーミッサから三人の選手を秘密に派遣《はけん》してほしいと要求してきていたのである。

このヘールズというのは、あらゆる点で模範的な鉱山主で、世のなかに敵というものを持たない人だと思われていたのである。それでも仕事の能率ということだけはやかましかった。そこでひどい酒飲みと怠《なま》けものとを解雇《かいこ》したところ、それが自由民団のものだったのである。

彼《かれ》は家の玄関さきに棺《かん》おけの絵をはりつけられたが、それでも決心をひるがえさなかった。それでこの自由な文明国に住みながら、彼は惨殺《ざんさつ》される運命を担《にな》ったのである。

その処刑《しょけい》は予定どおり実行された。支部長のそばの名誉《めいよ》の席にそっくりかえっているテッド・ボールドウィンがそのときの首領であった。まっ赤な顔をして眼を血走らせているのは、そのための睡眠不足《すいみんぶそく》と飲酒とを物語っている。彼は二人の仲間をつれて、前夜を山中ですごした。だからかみは乱れ、服はよごれている。決死隊であるが、すべての決死隊が帰ったとき、これほどの歓迎《かんげい》をうけられるとは決まっていない。彼らの話はいくたびか繰《く》りかえされ、そのたびに割れるような喝采《かっさい》と歓呼とをあびた。

彼らは日が暮《く》れてから、犠牲者《ぎせいしゃ》が馬車で帰るのを待ち伏《ぶ》せた。どうしても馬の速力をゆるめなければならない急坂のうえをその場所に選んだのである。彼は防寒のため毛皮を着ぶくれていたので、ピストルをとることもできなかった。彼らはそいつを馬車から引きずりおろし、何発もくらわせたのである。一人としてその鉱山主を知っているものはなかった。しかし、人殺しには永遠のドラマがあるし、これでギルマートンのスコウラーズに、ヴァーミッサ支部の頼むにたるのを示したことになるのだ。

たった一つだけ困ったことがあった。無抵抗《むていこう》の死体に向かって、まだピストルを浴びせかけているところへ、一組の夫婦《ふうふ》づれが馬車で通りかかったのである。ついでに殺してしまえというものもあったが、よく見ると鉱山とは関係のない無害な人物だったので、他言をかたく禁じ、違背《いはい》すると承知しないと嚇《おど》かして、通してやったのである。

かくて血まみれの死体は、冷酷《れいこく》なる鉱山主への見せしめとしてその場に残しておき、三人のけだかき復讐者《ふくしゅうしゃ》は、山のなかへと急いで姿を消していった――未開の自然は、そこから溶鉱炉《ようこうろ》やボタ山のあるふもとへとすそをたれているのである。

スコウラーズにとっては、すばらしい日であった。谷はさらに暗い恐怖《きょうふ》に覆われてきた。だがマギンティは、賢明《けんめい》な将軍が、勝利の瞬間《しゅんかん》を選んで、敵将に息つくひまを与えず、勝利の効果を倍加するように、かねてより油断なく作戦の好機をねらっていたのだが、己《おの》れに背《そむ》くものに反撃を加えるべき時が来たとばかり新しい計画をたてた。

その夜、酔《よ》っぱらい連中が解散すると、彼はマクマードの腕《うで》にちょっとさわって、初めてのとき連れこんだ奥《おく》の部屋へと導きいれた。

「おい、よく聞け、お前にふさわしい仕事ができたぞ。お前のその手で実行するんだ」

「そいつは光栄だな」

「若いものを二人――マンダーズとライリをつれてゆけ。二人にはあとで用があると、足どめだけはしてある。ところでチェスター・ウィルコックスな、あいつを始末しないことには、この谷としてどうにも都合がわるい。野郎をやっつけてくれたら、石炭地方の支部という支部から感謝されるぜ」

「とにかくできるだけやってみましょう。どんな男で、どこにいるんですかい？」

マギンティは口からはなしたことのない半分消えかかった葉巻をとって、手帳からちぎった紙に略図を書きだした。

「アイアン・ダイク会社の職長監督《かんとく》なんだ。がんこおやじでな、もとは連隊旗軍曹《ぐんそう》なんだが、ふる傷だらけで白毛まじりだ。今までに二度もやってみたが、いつも運がなかったばかりか、ジム・カーナウエーはそれで命を落としている。家はここだが、アイアン・ダイク社の交差点のここんところで、一軒家《いっけんや》だから、どこへも聞こえる心配はない。昼間はだめだ。ピストルを持っていて、怪《あや》しいと思ったら黙って射ってくるが、ねらいは確かですばやい。だが夜は、そうさ、細君と子供が三人、それに女中が一人いるが、その中から親父《おやじ》だけをというわけにはゆかない。やるとすればいっしょくただ。いいのは玄関へ爆薬《ばくやく》を仕掛《しか》けて、それに導火線を……」

「何をやった男なんです？」

「だからさ、ジム・カーナウエーを射ち殺しやがったといったろう？」

「なんでジムを射ったんです？」

「そんなこと聞いて、どうしようというんだ？　カーナウエーが、夜あいつの家をのぞいていたらいきなり射ちやがったのさ。それだけわかればいいじゃないか。そのあと始末をお前にたのむのさ」

「女が二人と子供が三人いるんだね？　そいつも途《みち》づれにするんですかい？」

「仕方があるまい。遠慮《えんりょ》してたらチェスターのやつを仕留《しと》められやしないぜ」

「悪いこともしないのに、ちょっとかわいそうな気がするな」

「今さら何をいう？　手を引くというのかい？」

「安心してくださいよ。私が何といいました？　何をしました？　支部長の命令に一度でもしりごみしたことがありますか？　仕事が正しいか間違《まちが》っているか、そんなことは私の知ったことじゃありません」

「じゃ、やってくれるね？」

「やりますとも」

「いつ？」

「そいつは二、三日待ってくれなくちゃ。家も見てこなきゃならないし、計画も立てなくちゃ。そのうえで……」

「よし」とマギンティはマクマードの手をとって、「万事《ばんじ》お前にまかせる。胸のすく報告の聞けるのを楽しみにしているよ。こんどこそは、みんなおれたちの前にひざまずくようになるんだからな」

マクマードは思いがけなくも託《たく》されたこの大任を、ながいあいだ深く考えた。チェスター・ウィルコックスの住んでいる一軒家は、五マイルばかり離《はな》れた隣接《りんせつ》の谷にある。

その夜のうちにマクマードは、単身で現地の踏査《とうさ》に出かけた。帰ってきたのは夜があけてからだった。翌日、彼は配属された二人の部下に会った。マンダーズもライリも向こう見ずの若もので、シカ狩《が》りにでも行くときのように張りきっていた。

それから二日目の晩、三人は町はずれのある地点で落ちあった。みんなピストルに身をかため、一人は採鉱用の爆薬を詰《つ》めた袋《ふくろ》をもっていた。一軒家へたどり着いたのは午前の二時であった。風のつよい晩で、四分の三の月の表面を、ちぎれ雲が急速に流れていった。

ブラッドハウンドの猛犬《もうけん》に気をつけろといわれていたので、撃鉄をあげたピストルを手に、三人は注意ぶかく肉迫《にくはく》していった。だが聞こえるものは風のうなりだけ、動くものといったら頭上にそよぐ木の枝《えだ》ばかりである。マクマードは玄関のドアに耳をあててみたが、みんな寝静《ねしず》まっている様子である。彼は爆薬を戸によせかけ、ナイフで穴をあけて導火線をとりつけた。導火線に火をうつすと、二人の部下とその場をさがり、遠くのみぞのなかに身を伏せて爆発を待った。

胸をえぐるような爆音とともに、一瞬にして家は微塵《みじん》に砕《くだ》け散った。仕事は成功である。この殺人団の歴史にも、こんな胸のすく仕事はなかったろう。だがかくもみごとな団結をみせ、勇敢《ゆうかん》に遂行《すいこう》された計画が、結局なんの役にもたたなかったとは！

多くの犠牲者の出ることに警戒心《けいかいしん》をおこし、こんどは自分がねらわれていると知ったチェスター・ウィルコックスは、家族をつれてたった一日まえに、巡査《じゅんさ》の監視のとどく安全なところへ引越《ひっこ》していった後だったのである。だから爆薬で四散されたのは空家にすぎず、老連隊旗軍曹は、相変らずアイアン・ダイクの坑夫たちに訓戒を加えつづけたのである。

「おれに任せてもらいたい。こうなったら、たとえ一年かかろうと、きっと仕留めてやる」マクマードは口惜《くや》しがった。

支部のものはこぞって彼に感謝し、また信頼《しんらい》した。そして数週間後に、ウィルコックスが待ち伏せにあって射殺されたと新聞が報道したが、これはマクマードがやりかけた仕事を完成したのだということは、公然の秘密だった。

自由民団のやることは、ざっとかくのとおりである。かくのごときスコウラーズの所業こそは、すばらしく富裕《ふゆう》なこの地帯に恐怖の支配力をふるい、久しきにわたって人々を悩《なや》ましつづけ、震《ふる》えあがらせたのである。これ以上その罪を数えたてて、ページをけがす必要があろうか？　彼らの人物とやり口は、以上私が述べたところで十分ではなかろうか？

これらの所業は歴史にも残っているし、詳《くわ》しいことが知りたければ、記録もある。それを読むと、二人の団員を大胆にも逮捕《たいほ》しようとしたというので、ハントとエヴァンズの二巡査を射殺した事件——武器を持たない無援《むえん》の両人を惨殺したというヴァーミッサの暴行事件が詳しく出ている。それからまた、ラービイ夫人が、マギンティの指令で死にそうなほどの重傷をうけるまで殴打《おうだ》された良人《おっと》を看護していたところを射殺された事件も書いてある。

ジェンキンズを殺した直後に、その兄を殺した事件、ジェームズ・マードックの死体毀損《きそん》事件、スタプハウス一家の爆殺事件、ステンダル一家のみな殺し事件などは、ひと冬のうちにつぎつぎと行なわれた怖《おそ》るべき残虐《ざんぎゃく》である。

恐怖の谷は深いやみにとざされた。春がきて、谷川には水かさがまし、木は花をつけた。ながいあいだ雪に降りこめられていたが、自然には希望の光がさしはじめた。だが恐怖の枷《かせ》をはめられたこの地の男女には、なんの希望もなかった。一八七五年の初夏ほど、彼らの頭上に覆《おお》いかぶさる暗雲が濃《こ》く絶望的だったことはないのである。

第十三章　危　機

恐怖の支配は頂点にたっした。そのまえから支部長につぐ監督の役に昇進《しょうしん》していたマクマードは、いつのまにかマギンティのあとをついで支部長になる人とは万人の予想するところであり、いまや会議にはなくてならない人、彼の援助と助言がなければ何事もできぬまでになっていた。

しかしながら、自由民団内部での彼の人気があがればあがるほど、ヴァーミッサの町を通るのを見ると、みんなが顔をしかめてあいさつするようになった。市民たちは恐怖におののきながらも、みなが団結してこの圧制者に対抗する気勢を示すようになった。ヘラルド新聞社で秘密の会合があったとか、法律に従順な市民たちに火器が分配されたとかいううわさが、支部員の耳にもはいってきた。

しかしマギンティも部下も、そんな風説には平気だった。こっちは大勢だし、決意もあるし、武器もそろっているのに、相手は分散しているうえ弱虫だと、たかをくくっていたのである。だからこの問題も、過去においてそうであったように、単なるうわさにおわるか、せいぜい二、三のものが逮捕されるくらいで終るのであろうと、マギンティもマクマードも、そのほか主だった連中はいっていた。

五月のある土曜日の晩のことであった。土曜日は支部の会合のある日で、マクマードはそれに出席するため下宿を出ようとしていると、支部の軟弱派《なんじゃくは》であるモリスが訪ねてきた。心労のため額にしわをきざみ、おとなしい顔をしかめて、やつれはてている。

「きょうは君に遠慮《えんりょ》のないところを話したいのだけれど……」

「いいとも」

「いつか君に本心を打ちあけたのに、君はそれを黙っているばかりか、ボスがそのことで聞きあわせに来たときでさえ、何もいわなかったのは、いまだに忘れてやしないよ」

「お前の信頼を裏ぎるわけにゃ、ゆきゃしないさ。なにもお前のいうことに賛成したわけじゃなかったはずだぜ」

「よくわかっている。何を話しても安心していられるのは、君ばかりだ。私はここに」とモリスは自分の胸を押《お》さえて、「秘密をもっているが、そのために私は焼き殺される思いだ。この秘密を私でなく、誰《だれ》かほかのものが知ったのならよかったのにと思う。これを口外したら、またかならず人殺しになる。といって話さないでいれば、われわれはみんな破滅《はめつ》なのだ。ああ神さま！　私はどうしたらよいか、ほとほと途方《とほう》にくれてしまった」

マクマードは真剣《しんけん》な顔で相手を見すえた。わなわなと手足を震わせている。彼はグラスにウイスキーを注《つ》いで、相手にわたしてやった。

「こんな場合には何よりの薬だ。そこで話というのを聞こうじゃないか」

モリスはウイスキーを飲んだ。青じろい顔がほんのりと色づいてきた。

「話はひと言ですむことだ。探偵《たんてい》がわれわれをねらっているのだよ」

マクマードはびっくりして相手を見つめた。

「なんだ、ばかなことをいうな！　ここにゃ巡査や探偵がうようよしているじゃないか。それで一度だって損害をうけたことなんかありゃしないじゃないか」

「いいや、こんどのはこの土地の探偵じゃない。なるほどこの土地の探偵なら、知れたもんだ。たいしたことはできやしない。しかしピンカートン探偵局の名は聞いているだろう？」

「そんな名は何かで読んだことがあるな」

「うそはいわないが、あいつにねらわれたら、君だってあごを出すぜ。ここいらにいる『できたらやる』政府の連中とはことが違う。真剣でとっくんできて、どんな手段によっても、かならず目的を遂《と》げずにはおかない。だからピンカートン探偵局のやつに、本気で向かってこられたら、われわれはまず根こそぎだね」

「殺しちまうさ」

「君はすぐそれをいう！　支部の連中はみんなそうだろう。だからまた人殺しになるといったろう？」

「いったが、人殺しがどうしたというんだ？　ここじゃ珍《めずら》しいことでもなかろう」

「それはそうだが、私は殺される人を指摘《してき》するのはいやだね。そんなことでもしようもんなら、一生気になるだろう。といって、こっちの首があぶないという場合だし、はて、どうしたらいいだろう？」モリスは決断に苦しんで、子供のようにからだを前後に揺《ゆ》りうごかした。

だがこの言葉にマクマードはふかく動かされた。危ないという点で、彼がモリスの意見と同じであることはすぐ見てとれた。彼はモリスの肩《かた》をつかみ、むきになって前後にゆすぶりながら、頭のてっぺんから出すような声で詰問《きつもん》した。

「よく聞けよ。お通夜《つや》の席のふる女房《にょうぼう》みたいに、そんなところで泣言をいってたって始まるもんか。事実を聞こうじゃないか。そいつは何というやつなんだ？　どこにいる？　そいつのことをどこから聞いたんだ？　何だっておれのところへ知らせにきたんだ？」

「どうしてって、どうしたらいいか教えてくれるのは君だけだからね。私はここへ来るまえは、東部で店を持っていたと君にも話したはずだが、あっちにはいい友だちがたくさんいる。そのなかに電信局につとめている男がいるが、きのうその男からこんな手紙がきたのだ。ここんとこの、このページの上あたりから読んでみてもらいたい」

マクマードは次のような一文を読みあげた。

「貴地にはびこるスコウラーズ団は相変らずのさばっていることでしょうね。当地で新聞がさかんに書きたてています。これはおたがいの間だけの話ですけれど、近いうちにおもしろいお知らせがいただけるものと期待しています。と申すのは五つの大会社と二つの鉄道とが、この問題を真剣にとりあげているからです。ほんとに真剣にやる気のようですから、かならず彼《かれ》らを一掃《いっそう》するものと思います。よほど研究も進んでいるようですが、それにつきピンカートン探偵局が依頼をうけて乗りだし、随一《ずいいち》の腕利《うでき》きバーディ・エドワーズの担当で調査にかかっていますから、こんどこそは悪漢も全滅になることでしょう」

「まだ追って書きがある」

「もちろん以上は私の業務上知りえたことで、これ以上のことはわかりません。毎日職場で扱《あつか》うのは変てこな暗号文なので、まったく意味がとれないのです」

マクマードは不安気《ふあんげ》な手さきにこの手紙をもったまま、しばらく黙《だま》っていた。ふと霧《きり》がはれてみると、眼前に深いふちが大きな口をあけている思いだった。

「誰かほかにこの事を知った者がいるのか？」

「誰にも話してない」

「だがこの手紙をよこした男が、誰かほかにも手紙を出しているようなことはないか？」

「そう、知りあいならほかにも一、二あるな」

「ここの支部にか？」

「たぶんそうだ」

「バーディ・エドワーズといったかな、この男の人相の一端《いったん》でも、何か書いてきてやしないかと思って、それで尋《き》いたんだ。人相がわかれば、こっちのものだからな」

「それはそういうわけだが、この友人もエドワーズは知るまいと思う。電信を扱っているうちにわかったから教えてくれただけなんだ。ピンカートン探偵局のものを、直接知っているわけはなかろう」

「あっ、そうだ！」マクマードはぎくりとしてひざをたたいた。「おれが知っているよ。どうして今まで気がつかなかったろう？　運命はおれたちに味方しているよ。向こうが手出しをしないうちに、こっちが取っちめてやる。ねえモリス、この手紙預かっておいていいだろう？」

「いいけれど、私の名を出しちゃ困るよ」

「そんな事はしない。おれがうまくやるから、お前は引っこんでいればいい。お前の名なんか出すもんか。おれのところへ来た手紙ということにしておく。それならいいだろう？」

「そう願いたい」

「じゃそういうことにして、お前は黙ってろ。おれはこれから支部へゆくが、見てろ、探偵のやつを口惜しがらせてやるから」

「殺す気じゃなかろうな？」

「そんなことは聞かないほうが、気も休まるしよく眠《ねむ》れるだろうよ。何も尋いてくれるな。落ちつくところへ落ちつくさ。万事はおれが引きうけた」

モリスは帰り支度《じたく》をしながら、悲しげに頭を振《ふ》った。

「私が人を殺すようで、気持がわるい」

「自己防衛は人殺しじゃないさ」マクマードはすごい微笑《びしょう》をうかべて、「殺すか殺されるかなんだ。捨てておけば、根こそぎやられると思う。なあ、いまにお前を支部長に選挙することになるぜ。何しろ救い主なんだからな」

マクマードの行動は、この言葉つきにも似ず、この新来の外敵を重視しているらしいのを示していた。それは良心のやましさがさせるわざか、それともピンカートン機関の有名さからくるのか、あるいはまた大企業体《だいきぎょうたい》がスコウラーズ一掃に乗りだしてきたということを知ったためなのか、理由はいずれにしろ、彼の行動は最悪の事態に備えんとする人のそれであった。

彼は家を出るまえにまず、証拠《しょうこ》となるべき書類をすっかり破棄《はき》した。そしてこれで大丈夫《だいじょうぶ》とほっと太いため息をついてあたりを見まわした。だが、それでもまた気になるとみえて、彼は支部へゆく途中でシャフターの家へたち寄った。ここへ来るのは禁ぜられていたのだが、窓をたたくと、エティーが出てきた。彼女《かのじょ》の愛人の眼《め》はいつもと違《ちが》っていた。彼女は愛人の真剣な顔つきをみて、事態がただならぬのを知った。

「何かあったのね？　ねえジャック、何か困ったことが起こったのね？」

「なあに、たいしたことじゃないよ。でもこれが大きくならないうちに、立ちのいたほうがいいかもしれないね」

「立ちのくんですって？」

「いつかは立ちのくと、お前に約束《やくそく》しておいたはずだ。どうやらその時機がきたようだ。今夜あることを聞いた。よくない知らせだ。厄介《やっかい》なことになるらしい」

「警察がどうかしたの？」

「なに、ピンカートンだ。といったってエティーはなにも知るまい、おれのような人間にそれが何を意味するかはね。おれはここで深入《に》りしすぎている。だから早いとこ脱出《だっしゅつ》したほうがいいかもしれない。お前は、おれが逃げる気なら、いっしょに来るといったね？」

「ねえジャック、それがあなたの救われる道なのよ」

「おれは誠実なとこのある男だ。たとえどんなことがあろうとも、お前のそのかわいいかみの毛一本いためようとは思わないし、雲のうえの金の玉座と仰《あお》ぐお前を、一インチだって引きおろそうとしたこともない。おれを信じてくれるか？」

彼女は何もいわずに男の手をとった。

「よし、じゃよく聞いてくれ。そしておれのいうとおりにしてくれ。これよりほかに方法がないのだからな。この谷は騒《さわ》ぎになろうとしている。かならずなると思う。わが身を警戒《けいかい》しなくちゃならないものが、たくさんいる。少なくともおれはその一人だ。夜でも昼でも、おれが逃げれば、いっしょに来るんだ」

「私あとから行くわ」

「だめだ。いっしょでなきゃ。この谷から閉めだされたら、おれは二度とは帰れないのだ。どうしてお前を残してゆけるものか！　おそらくお尋《たず》ねものになるんだから、手紙なんか出せやしない。どうしてもいっしょでなきゃだめだ。おれのもといた所に善良な女がいるから、結婚《けっこん》するまではそこへ預けておくつもりだ。いっしょに来るね？」

「いいわ、いっしょに行くわ」

「よくおれを信じてくれた。もしこの信頼にそむくようなことがあれば、おれは地獄《じごく》の鬼畜《きちく》だ。いいかエティー、よく覚えてくれ。おれの知らせはたった一言になるだろう。それを聞いたら何もかも捨てておいて、駅の待合室へいって、おれが連れに行くのを待っているんだ」

「昼でも夜でも、知らせを聞いたらすぐに行くわ」

自分に関するかぎり脱走の準備ができたので、マクマードはいくらか心を安んじて支部へ行った。もうみんな集まっているなかを、厳重《げんじゅう》な第一見張り第二見張りと複雑な合図をかわして、奥《おく》へはいっていった。みんなが喜び迎《むか》えるので、ちょっとざわついた。細ながい会議室は人であふれ、もうもうたるタバコの煙《けむり》のなかに、マクマードは支部長のもじゃもじゃの黒いかみや、ボールドウィンの敵意あるにくにくしい顔、秘書ハラウエーの禿鷲《はげわし》のような顔、そのほか支部の主だった人物十人あまりの顔ぶれを見た。これだけ集まっていれば、重大事を相談するにはよいと喜んだ。

「や、いいところへ来てくれたな。お前にひとつ判断してもらいたいことがある」議員がよろこんですぐに声をかけた。

「ランダーとイーガンのことなんだよ」席につくと隣《となり》の男が教えてくれた。「スタイルズタウンでクラブ老人を射殺したのは自分だから、支部の賞金はこっちへもらいたいと、二人とも譲《ゆず》らないのさ。どっちの弾丸《たま》があたったのか、誰にもわかりゃしないやね」

マクマードはそこで立ちあがって、まず手をあげて人を制した。その顔つきをみて、一同は固唾《かたず》をのんで、静まりかえった。

「尊敬すべき支部長、私は緊急《きんきゅう》の提議をします」

「同志マクマードは緊急の提議があるという」マギンティはうけて、荘重《そうちょう》な声でいう。「この種の提議は支部規定によって常に優先する。それを聞こうじゃないか、マクマード」

マクマードはポケットから手紙をだした。

「尊敬すべき支部長ならびに同志諸君、私は本日ここに凶報《きょうほう》を持ってまいりました。われわれは何の予告もなく打撃《だげき》を加えられるおそれがあり、それでは一同壊滅《かいめつ》するほかないのでありますから、今のうちにその内容を十分にしらべ、対策を講ずるのは大いに意義あることと信ずるのであります。

私の入手しました情報によりますと、この国において最も有力にして財力ある数会社が、いまや協力してわれらの壊滅を期しているのであります。すなわちピンカートン探偵局のバーディ・エドワーズと申す男はすでにこの地に派遣《はけん》され、いまや証拠の収集に活躍《かつやく》しているのであります——われらの多くの首に縄《なわ》をかけ、ここに集まる諸君を一人のこらず重罪犯として逮捕《たいほ》すべき証拠をであります。

私はこの事態に対応すべき策を緊急に討議されんことを提案するものであります」

集会場には咳《しわぶき》ひとつ起こらなかった。議長はようやく口をひらいて、

「何を証拠にそんなことをいうのだ？」

「証拠は私の入手しましたこの手紙にあります」と彼は必要な部分を読みあげた。

「この手紙に関しては、約束にもとづき遺憾《いかん》ながらこれ以上何も申しあげられません。入手の経路についても同様です。しかし書いてあることは、支部の利害に関することはこれだけであることを保証します。私は知りえたことをすべて公表したのであります」

「議長！」と年かさの団員の一人が発言を求めて、「自分はバーディ・エドワーズのことは聞いたことがあります。彼はピンカートン局のもっとも敏腕《びんわん》な男ときいていま

す」

「誰か顔を知っているものがあるか？」

「私が知っています」マギンティの質問にマクマードが答えた。

議場内にはおどろきのざわめきが起こった。

「支部は彼を掌中《しょうちゅう》に捕《とら》えることができると信じます」彼は得意の微笑をうかべて、「迅速巧妙《じんそくこうみょう》に行動すれば、彼の策謀《さくぼう》を阻止《そし》することも、あえて難事ではありません。私を信任し援助《えんじょ》を与《あた》えてくださるならば、何ら恐《おそ》れるところはないのであります」

「何を恐れるんだ？　いくらあがいたって、しっぽを押さえられるようなことはあるまい」

「みんながみんな、議長のような頼《たの》もしい人であれば、そうもいえましょう。しかしこの男は資本家の巨億《きょおく》の富を背景にしています。支部には金力になびくようなものは、一人もいないと断言できますか？　かならずどこかからかわが秘密をかぎだしましょう。すでに探りあてていまいものでもない。対応策は一つしかありません」

「この谷から生かしては帰さないことだ」ボールドウィンがいった。

マクマードは大きくうなずいた。

「そこだ！　同志ボールドウィンとはしばしば見解を異《こと》にしたけれど、今の一言は的を射ている」

「どこにいるんだ？　どれがその男だか、見てもわかるまい？」

「尊敬する支部長のお言葉ですが」とマクマードは熱意をおもてに表わしていった。「この件は支部で公《おおや》けに論議するにはあまりに重要な問題であることを、お認め願いたいものです。と申して私はここに列席の諸君をいささかたりとも疑うものではありません。さりながら万が一にも何かの風説がこの男の耳にはいるようなことでもありますと、こちらの勝つ機会は永久に去るものと覚悟《かくご》しなければなりません。よって私は議長のお許しのもとに、数名の委員会を設けることを提案いたします。まず議長をはじめとして、さよう、この同志ボールドウィンほか五名でよかろうと考えます。この委員会でならば、私は知っている限りを話し、またとるべき方策を申し述べたいと考えます」

この提案はただちに採択《さいたく》され、委員の顔ぶれがきまった。議長とボールドウィンのほか禿鷲のような顔のハラウエー秘書、残忍《ざんにん》な暗殺者である虎《とら》のコーマック、会計係カーター、それにウイラビーの兄弟で、いずれ劣《おと》らず何ものをも顧慮《こりょ》せず、恐れを知らぬ命知らずばかりである。

いつもならこの会合は酒を飲んで馬鹿《ばか》騒ぎをするのだが、今晩は控《ひか》え目に、はやく切りあげた。みんな意気があがらず、多くの人たちは、久しく安心しきって住みなれたこの谷にも、厳正な法の手がのびてきたのを認めたからである。多年市民を恐れさせて、主としてそのうえに安眠をむさぼってきた彼らは、処罰《しょばつ》のことなぞ思ってもみなくなっていたので、いまそれが身近に迫《せま》っていると知っては、その驚《おどろ》きがいっそう大きかったのである。彼らは会議をつづける幹部をのこしておいて、早めに帰っていった。

「どうだ、マクマードド？」一同が帰ってゆくと、マギンティがまず口をきった。七人は座席に凍《こお》りついている。

「いまもいうように、私はバーディ・エドワーズを知っています。もちろんここでは本名を使っているのじゃない。大胆《だいたん》な男だけれど、無謀《むぼう》なことはしませんよ。ここじゃスティーヴ・ウイルスンと名のって、ホブスン平《だいら》に宿をとっています」

「どうして知ったんだ？」

「偶然《ぐうぜん》話をしたことがあるからです。もちろん当時はそうとは知らず、この手紙を手に入れなかったら、気がつかずに過ごしたことでしょうが、いまはよくわかりました。水曜日に汽車で会ったのですが、じつに奇遇《きぐう》でした。自分じゃ新聞記者だというものだから、そうかと思ってたんですが、ニューヨークの新聞に出すんだからって、スコウラーズのことを、どんな『ひどいこと』をするのかって、しきりに聞きたがりました。何か聞きだそうと思って、いろんなことを尋ねるんです。『お礼はするよ、たっぷりとね。本社の喜ぶようなネタを提供してくれたら、うんと出すよ』というので、まあ喜びそうなことを少し話してやると、お礼だといって二十ドル札《さつ》をよこして、『聞きたいことをみんな教えてくれたら、この十倍出すよ』といいました」

「何をしゃべったんだ？」

「でたらめばっかりですよ」

「新聞記者というのがうそだということをどうして知ったんだ？」

「こういうわけです。そいつは私とおなじにホブスン平で降りましたが、あとで私があそこの電信局へゆくと、入れちがいにその男が出てゆきました。すると局員が私をつかまえて、『どうです、これじゃ料金を倍ましにでもしてもらわなきゃ、やりきれませんよ』といいます。みると中国語だか何だかわけのわからない暗号文がいっぱい書いてあります。『うーむ、こりゃひどいね』というと、『いま出ていった人ですがね、毎日こんなものを打ちにくるんですよ』『なるほどね』『新聞記者なんですよ。特ダネを盗《ぬす》まれちゃという気なんですね』というわけで、私もそのときはなるほどと思ったけれど、いまから考えてみれば、とんでもない話ですよ」

「ふーむ、それにちがいない。ところでこの野郎をどうしたもんだろう?」支部長がいった。

「どうもこうもない、すぐにも片づけちまうんですね」誰《だれ》かが口をだした。

「そうとも。早いだけいい」

「おれもいるところさえわかれば、一刻も早いほうがいいと思うけれど、ホブスン平とばかりで、肝心《かんじん》の家がわからない。だがいい考えがある」

「何だね?」

「おれがあすの朝はやくホブスン平へ出かけてゆく。そして電信局員にあいつの住所を尋く。局員なら知っているだろうと思うんだ。あいつに会ったらいきなり、おれは団員だと名のって、支部の秘密をすっかり売りたいと持ちかけるのだ。やつはきっと飛びついてくる。そうしたら証拠書類は家においてあるが、いまは人目があってどうすることもできないから、夜来てもらいたいという。やつもなるほどと思うだろう。そこで今夜十時にきてくれれば、何もかも見せると約束する。これならきっと引っぱり出せると思う」

「それで?」

「あとはみんなでやってもらおう。おれの下宿は寂《さび》しいところにある。おかみのマクナマラ夫人は鉄のように誠実で、ポストのように耳の聞こえぬ老人だ。下宿人はスカンランとおれだけ。来るといったら、むろん皆《みな》に知らせるが、この七人がそろって九時におれの下宿へ来てもらいたい。あいつを下宿へ連れこむ。もし生きて出られたら——そうさ、あいつはバーディ・エドワーズの幸運を生涯《しょうがい》の語り草にするがよかろうよ」

「ピンカートン探偵局《たんていきょく》に欠員を一人つくってやるんだ、きっと」マギンティがいった。

「ではマクマードのいうようにしよう。あすの晩九時にみんなで行く。あいつを引きいれて玄関《げんかん》を閉めたら、あとはおれたちが引きうける」

第十四章　陥《かん》穽《せい》

マクマードのいったように、彼《かれ》の下宿は寂しいところにあり、彼らの計画したような犯罪には持ってこいだった。町はずれにあって、道路から引っこめて建ててある。これが普通《ふつう》の場合だったら、従来たびたびやってきたように、相手を表へつれだして、ピストルでポンポンとやればすむのだが、この場合はどこからどれだけ聞きだして、電報で報告しているかを知る必要がある。ことによるともう手おくれで、エドワーズはすでに仕事をすませた後かもしれない。もしそうだったら、少なくともそれを可能にした人物にあだうちを加えなければならないのだ。だがまだたいしたことを知ってはいまいと、彼らは楽観していた。そうでなければ、マクマードが教えてやったというつまらない報告を、慌《あわ》てて電報するはずはあるまいというのが彼らの主張であった。

だが本人に聞いてみるまでは、ほんとのことはわからない。本人を押《お》さえたら、それを白状させる方法はある。剛情《ごうじょう》に口を割らぬやつを扱《あつか》ったことがないわけではないのだ。

マクマードは定めのとおりホブスン平へ出かけていった。この朝はなぜか警察がとくに彼の行動に注意しているようだった。マーヴィン巡査《じゅんさ》——例のシカゴ時代のマクマードを知っているという男だ——は駅に待ちうけていて、わざわざ話しかけたほどだ。だがマクマードはそっぽを向いて相手にならなかった。

午後帰ってくると、彼はユニオン・ハウスにマギンティを訪ねた。

「来ることになりましたよ」

「そいつはよかった」マギンティは上着をぬいで、ゆるいチョッキの胸に印章つきの金鎖《きんぐさり》をからませ、あらいあごひげのあいだからダイヤのネクタイピンを光らせていた。酒場の経営者と政治家をかねたこの巨漢《きょかん》は、おかげで金持でもあり勢力家にもなっていた。それだけに、前夜来眼前にちらつきだした牢獄《ろうごく》や絞首台《こうしゅだい》のまぼろしが、いっそう恐ろしいものに思われるらしいのである。

「どうだ、よっぽど調べている様子か？」と心配そうに尋ねる。

マクマードは暗く頭をふった。

「だいぶ前からここへ来ているのです。少なくとも六週間になるでしょう。ここへ来たのも鉱区の繁栄《はんえい》ぶりを見にきたわけじゃない。鉄道会社の金でそのあいだ働きつづけていたのなら、もう相当な成果をあげて、報告もしていることだろうと思う」

「支部にはそんな弱い男は一人だっていやしない。みんな筋金いりばかりだ。とはいうものの、モリスのようなやつもいるからな。どうだ、もしわれわれを売ったやつがあるとすれば、きっとあいつだぜ。晩までにあいつのところへ二人ばかりやって、ぶんなぐらせてみよう。どろをはくかもしれないからな」

「それもいいかもしれない。実をいうと私はあの男がなんとなく好きだから、それがひどい目にあうのはかわいそうな気もしないではない。あの男は支部のことで二、三度話したこともあり、意見はかならずしもわれわれと同じじゃないようだが、それにしても裏ぎるような男じゃなかろうと思う。といって私はべつに弁護する気はありませんがね」

「あいつのことは、おれが始末をつけてやる。あいつには一年もまえから眼《め》をつけていたんだからな」マギンティは口汚《くちぎた》なくののしった。

「それは支部長の自由だけれど、やるのは明日にしたほうがいいね。ピンカートン問題が片づくまでは、鳴りをひそめているべきですよ。今日という今日は、警察をそっとしておかなきゃダメですよ」

「お前のいうとおりだ。それにどこで情報を集めたかは、バーディ・エドワーズの息の根をとめてでも白状させてやる。こっちの計画に気はついていないだろうな？」

マクマードは笑って、

「向こうの弱点を知っていますからね。スコウラーズの手掛《てが》りが得られると思えば、どこへでも来るやつですよ。それに金ももらいましたぜ」と札束《さつたば》を出して見せながらニヤリとしていった。「証拠《しょうこ》書類を見せたら、まだまだくれるそうです」

「何の書類だ？」

「なあに、そんなものはありゃしませんよ。しかし下宿へくれば、組織や規則や団員名簿《めいぼ》を見せると吹《ふ》いてあるんでね、それを見て調査の仕上げをして帰るつもりでいるんですよ」

「そいつは旨《うま》い。きっと来るだろう」マギンティはすごい笑いをみせて、「なぜその書類をもってこないんだと尋《き》きやしなかったろうな？」

「そんなものを私が持ってでもいるようなことをいいますね。まるで容疑者だ。きょうも駅でマーヴィン巡査からは話しかけられるしね」

「そうだってな。こいつはどうやらお前の身が危なくなりそうだな。エドワーズのつぎは、マーヴィンのやつをふるい竪坑《たてこう》へでも突き落としてやってもいいが、それはそれとして、さしあたりホブスン平のやつを片づけないことにはな」

マクマードは肩《かた》をあげた。

「うまくやれば、殺したなんてわかりゃしませんよ。暗くなってからだったら、あいつが下宿へきたことなんか、誰も見る心配はありませんから、あとは家から出さないだけの話です。ねえ議員さん、私の計画はこうですよ。みんなにもよく教えといてください。まずみんなには早めに来てもらう。あいつの来るのは十時ですからね。来たらコツコツコツと三つ戸をたたくことになっているんです。そこで私がうしろへ回って、ドアを閉めてしまう。それでもうこっちのものです」

「わけはないな」

「そうですとも。でもそれからが問題ですよ。手ごわいやつで、武器も持っていますからね。それに、うまくだましこんではあるけれど、向こうも油断はないでしょうしね。部屋へ案内すると、私ひとりだと思いのほか、そこに七人もいたんじゃ、あいつもピストルを出すかもしれず、そうなると怪我人《けがにん》が出ないとは限りません」

「それはそうだな」

「そればかりか、銃声《じゅうせい》を聞きつけて、町じゅうの巡査が集まってくることになる」

「そうなっちゃまずいな」

「そこで考えたんだが、みんなには大きい部屋——それ、いつだったか議員さんがみえた時、私と話しあったあの部屋で待ってもらうんです。私は玄関をあけてあいつを迎《むか》え入れると、まず玄関わきの客間へ通して、書類をとりに奥《おく》へ引っこみます。そうすればそのすきにみんなに様子を知らせることができます。

それから私はいい加減な書類をもって出てゆき、あいつがそれを読んでいるところを、いきなり右腕《みぎうで》に武者ぶりついて、みんなを呼ぶから、すぐ来てください。強いやつだから、早いだけいいです。骨は折れると思うけれど、みんなの来るまでは、何とかとり押さえていますよ」

「そりゃ名案だ。支部はお前に感謝しなきゃならない。おれは支部長をやめるにしても、立派な後任が推薦《すいせん》できるというものだ」

「いや、私なんかまだほんの駆《か》けだしですよ」口ではこういったものの、マクマードの顔はまんざらでもなさそうだった。

彼は下宿へ帰ると、その夜のため準備にかかった。まずスミス・エンド・ウェッスン製のピストルを分解掃除《そうじ》して油をさし、弾丸《たま》ごめをした。それから探偵をおとしいれる部屋を見わたした。

一方に大きなストーヴがあり、中央に大型のテーブルをすえたひろい部屋である。窓は三方にあるけれど、よろい戸はなくて、うすいカーテンがあるだけだった。マクマードはそれらを注意ぶかく検《あらた》めた。こんどのような内証《ないしょ》ごとをやるには、少しむきだしすぎると気がついたにちがいない。それでも表通りからは引っこんでいるのだから、それほど心配することもあるまい。

最後に彼は同宿のスカンランに相談した。彼もやはりスコウラーズの一員なのだけれど、仲間の意見に逆らうほどの気力もなく、ときどき血なまぐさい仕事を手つだわされるのも、びくびくものでやるといった、毒にも薬にもならないけちな男である。マクマードは今晩の計画を簡単に話しきかせてからいった。

「だからおれだったら、今晩はこんなところにいないで、どっかへ遊びに出かけるよ。どうせ切った張ったで血をみなきゃ納まらないだろうからな」

「そりゃね、おれだって決心はするんだけれど、どうも気が弱いもんだからね。こないだも竪坑のそばでダン支配人を殺るところを見てて、いやあな気持だったよ。どうもおれはお前やマギンティとちがって、血を見るにゃ不向きにできてるんだ。支部さえ悪く思わなきゃ、お前のいうとおりにして、今晩はよそへ行っていることにするよ」

予定の時刻になると、一味がやってきた。服装《ふくそう》もきちんとしているし、見たところは堅気《かたぎ》の市民だけれど、ぎゅっと締《し》まった口もとや、冷たい眼つきをみれば、バーディ・エドワーズも助かる見込《みこみ》のないのがわかるだろう。おのおの十人や十二人、人を殺したことのないものはないのである。

肉屋がひつじを殺すほどにも心を動かすことなしに、人を殺す連中ばかりだが、わけても見るからに無情なのは、いうまでもなくマギンティである。秘書のハラウエーはほっそりした辛辣《しんらつ》な男で、やせこけた長い首をして、ぎくしゃくと神経質な手足をもっていた――支部の財政に関するかぎり清廉《せいれん》で信頼《しんらい》できるが、それ以外の問題には義理も人情もない男である。

会計係のカーターは無神経な、どっちかというと怒《おこ》ったような顔をした、黄いろい羊皮紙《ようひし》みたいな皮膚《ひふ》をもつ中年の男で、計画の才能があり、今日《こんにち》までに行なってきた暴行の実際面は、大半彼の頭から生まれたものであった。ウイラビー兄弟は、しなやかなからだつきの背のたかい決然たる顔つきの活動家、仲間の虎のコーマックは色ぐろの大男で、その猛悪《もうあく》さは仲間からさえ恐《おそ》れられている。

その夜ピンカートン探偵局の男を殺すためマクマードの下宿へ集まってきたのは、以上のような連中であった。

主人役のマクマードがテーブルのうえにウイスキーを出していたので、一同は前景気をつけるため、われがちにそれを飲んだ。ボールドウィンとコーマックは、いい加減飲んできていたので、それをやると早くも狂暴《きょうぼう》ぶりを発揮《はっき》してきた。虎のコーマックはストーヴにちょっと手を出した。春とはいえまだ夜は寒いので、火がいれてあった。

「よしよし」とすごんでみせるのを、ボールドウィンは早くもその意味を察していった。

「そうだとも。そいつへ押しつけてでも、どろをはかせてやるんだ」

「どろはかならずはくから心配するな」マクマードがいった。これは鉄の心臓をもった男だ。今夜の全責任を一人で背負いながら、じつに冷静に、平然としている。ほかのものもそれに気がついて、みんな感心した。

「お前なら大丈夫《だいじょうぶ》だ」マギンティが頼《たの》もしそうにいった。「お前に首を締《し》められるまで、やつは何も気がつくまい。それにしても、この窓によろい戸のないのが、ちょっとまずいな」

マクマードはカーテンをぴったりと閉ざしてまわった。

「こうしとけば、そとから見られやしない。そろそろ来るころだな」

「来るかな？　危険を感づいたかもしれねえ」秘書のハラウエーがいった。

「来るさ。心配するな。向こうは真剣《しんけん》に来たがっているんだ。そら、聞いたか？」

七人は作りつけの人形のように静止した。口へもってゆきかけたグラスを、そのまま止めたのもある。玄関を大きく三つたたくのが聞こえた。

「シッ！」マクマードは片手をあげて制した。一同はうれしげに眼と眼を見かわし、それぞれ隠《かく》しもつピストルに手をやった。

「コトリともいわせちゃだめだぞ」マクマードは声をひそめていい、部屋を出ると、ていねいに後を閉めた。

残された連中は、固唾《かたず》をのんで耳を澄《す》ました。マクマードが廊下《ろうか》を歩いてゆく足音が聞こえる。玄関をあけた。何やらあいさつを交《かわ》している。誰かはいってきたらしく、聞きなれない人の声が聞こえた。つづいて玄関をぴったり閉めて、かぎをかける音。これで獲物《えもの》はまんまと閉じこめられたのだ。

虎のコーマックがげらげら笑った。するとマギンティが、大きな手を口にあててにらみつけて、

「静かにしろ！　ばか！　知れたらどうする？」と声を殺してしかりつけた。

つぎの部屋で低い話し声がする。それが彼らにはいらいらするほど長かった。やっとマクマードが、口びるに指をあてながらはいってきた。彼はテーブルの前までくると、おもむろに一同を見まわした。その油断のない態度には、大きな変化があった。これから大仕事をしようという人の態度である。びくともしない顔のなかで、眼鏡の奥の両眼が燃えるように輝《かがや》いた。いまや明らかに一同の主導者であった。

一同は異常な興味をもって彼ひとりを見つめたが、彼は何もいわない。いつまでも一同を異様な眼つきで見まわしているばかり。

「どうだ、来たのか？　バーディ・エドワーズはどこにいる？」マギンティがたまらなくなって口をきった。

「きた」マクマードはゆっくり答えた。「バーディ・エドワーズはここにいる。おれ

こそバーディ・エドワーズだ」

十秒ばかり、部屋のなかには人がいないかと思われるばかりの、ふかい沈黙《ちんもく》があった。ストーヴのうえでたぎるヤカンの音だけが鋭《するど》く耳についた。圧倒《あっとう》された七つの顔はまっ青になって、恐怖《きょうふ》の極、彼《かれ》を仰《あお》ぎみるばかりで、身動きもしない。突如《とつじょ》ガラスの砕《くだ》ける音がしたかと思うと、窓という窓から冷たく光る銃身がのぞきこみ、カーテンはたちまちひきむしられてしまった。

これを見て首領マギンティは、傷ついた熊《くま》のように怒号《どごう》し、半ば開けたままの戸口めがけて飛びだした。だがそこには青い眼のマーヴィン巡査の構えたピストルが、冷たく光っていた。ボスは後退《あとしざ》りして、もとのいすにしりを落としこんだ。

「そこにいるほうが安全だよ、議員さん」今までマクマードとして知っていた男がいった。「それからボールドウィン、お前はその手をピストルから放さないと、かえって射《う》たれるぞ。そいつをポケットから出せ。さもないと……よし、それでよかろう。この家は武装した巡査四十人でとりまいているのだ。逃《に》げられるものかどうか、考えたらわかるだろう。マーヴィン、こいつらのピストルを集めてくれ」

小銃でねらわれているのだから、じたばたしても始まらない。一同は武器をとりあげられた。ふくれっ面《つら》をしながらも、おとなしくテーブルのまわりにすわっていた。

「別れるまえに、ひとこと君たちにいっておくことがある」一同を網にかけた男がいった。「ここで別れたら、こんどは法廷《ほうてい》の証人席に立つときまで、君たちに会う機会はあるまいと思う。それまでによく考えておいてもらいたいことがある。おれが何者であるか、いまは君たちにもわかった。

ここで種をあかすが、おれこそピンカートン探偵局《たんていきょく》のバーディ・エドワーズというものだ。選ばれて君たちギャングをぶっつぶす役を振《ふ》られた。これはむずかしい、危険のともなう仕事だ。おれがその仕事にかかったことを知っているものは、一人もない。どんな親しいものにも知らしてはならない。知っているのは、おれに依頼《いらい》したものと、ここにいるマーヴィン巡査だけだ。だがそれも今夜こそ終ったのだ。神の加護によっておれはこの勝負に勝ったのだ！」

石のように固くなった七つの青じろい顔が、彼を仰ぎ見た。その眼のなかには限りなき憎悪《ぞうお》が燃えていた。ぞっとするような威嚇《いかく》を彼は読みとった。

「勝負はこれからだというかもしれない。それならいつでも相手になろう。だが君たちのうちしゃばに出ておれに勝負をいどめるものが何人いるか、疑問だし、ほかに今夜のうちに逮捕《たいほ》されるものが六十人ばかりあるはずだ。

実をいうと、この仕事に手をつけるとき、君たちのやっているような組織なぞあろうとは思わなかった。根もないうわさだけだろうから、それならそれと立証してみせるつもりだった。

人に聞くと、自由民団に関係があるのだという。それではとおれはシカゴに行って入団してみた。ところが自由民団は善行こそあれ、何も悪事は行なわないとわかったので、さてはおれの考えた通り一片《いっぺん》のうわさにすぎないのだと思った。

それでも仕事は最後までやり遂《と》げなければならないから、とにかくおれはこの炭鉱地方へやってきた。きてみると、おれの考えのまちがっていたことがわかった。三文《さんもん》小説じみた話なんかじゃありゃしない。そこでおれは踏《ふ》み止《とど》まって調べることにした。おれはシカゴで人なんか殺したことはない。また偽金《にせがね》なんか作った覚えもない。おれがみんなにくれてやったのは、りっぱなほんものだったのだ。おれとしても、あんなに有効に金を使ったのは初めてだ。おれは君たちの人気を博する方法を知っていた。だから法の手に追われている人間をよそおったのだ。こいつは思ったとおり図にあたった。

というわけでおれは君たちの憎《にく》むべき支部にはいって、会議にも出ることになった。これじゃおれも君たちと同罪じゃないかというかもしれない。君たちを押《お》さえてしまったのだから、何とでもいわせておく。しかし実際どうなのか？　おれが入会した晩に、君たちはヘラルド新聞のステンジャーを襲《おそ》った。あのときは時間がなくて、ステンジャーに知らすことができなかったが、そのかわりボールドウィン、お前があの男を殺しそうだったから、おれがやめさせたっけな？

おれは君たちの信用を得るために、いろんな画策をしはしたが、それらは実害をおよぼさないですむものばかりだった。ただ炭鉱のダンとメンジズだけは、予想しなかったので、助けることができなかったが、あのときの犯人はわかっているから、絞首《こうしゅ》台《だい》に送ってやる。

チェスター・ウィルコックスには、あの家を爆破《ばくは》するまえに注意して、わきへ避難《ひなん》させてやったのだ。そのほかおれの防ぎえなかった犯罪も少なくないけれど、君たちが待ち伏《ぶ》せしていたら、ねらう男がほかの道から帰ってしまったり、その家を襲ってみたら、町へ出て留守だったり、来ると思って待っていたら、家に隠れて出てこなかったり、そういうことが幾《いく》たびあったか、よく考えだしてみてくれ。みんなおれのやったことなのだ」

「この裏ぎりものめが！」マギンティは歯ぎしりして口惜《くや》しがった。

「ああジョン・マギンティ、それで胸がおさまるなら、何とでもいうがよかろう。お前たちは多年神にそむき、この地方の市民の敵だった。お前たちの足下に踏みにじられた多くの市民は、誰《だれ》かの手で救いだされねばならない。それには方法が一つしかない。それをおれはなし遂げたのだ。

お前はおれを裏ぎりものというけれど、地獄《じごく》の底へ降りていって多くのものを救ったおれのことは、救い主と呼ぶものも少なくないと思う。おれはそれに三カ月かかった。おれのためにワシントンの大蔵省を開放するからといわれても、二度とこんなことをするのはご免《めん》だ。

すべての人を知り、あらゆる秘密を握《にぎ》るまでは、おれはここに辛抱《しんぼう》しなければならなかった。おれのことが知れそうにならなかったら、もう少し待ってからにするつもりだった。ところがおれのことを書いた手紙が一本、この町へ舞《ま》いこんで、お前の耳へもはいりそうに思えた。

もうぐずぐずしてはいられなかった。そこで敏速《びんそく》に行動をおこしたのだ。もうこれで言うことはなくなった。ただ最後に、おれも死ぬときがきたら、この谷でやりとげた仕事を思いだせば、心のこりなく死ねるだろうとひと言いっておく。さ、マーヴィン、お待たせしたな。みんなを呼びいれて、仕事をすませてくれたまえ」

もう話すことはあまりない。スカンランはエティー・シャフターのところへ届けてくれと、封書《ふうしょ》を一通わたされた。この役を彼はニヤリとして引きうけた。

その朝はやく、鉄道会社の提供した特別列車に、美しい女性と、ていねいに顔を包んだ男とが乗りこんで、誰《だれ》にも妨《さまた》げられることなしに、この危険な土地を去っていった。エティーにとっても、その愛人にとっても、二度と足を踏みいれることのない土地である。

十日後に二人はシカゴで、老いたるジェイコブ・シャフターを証人として結婚《けっこん》の式をあげた。

スコウラーズの裁判は、その残党の動きをおもんぱかって、遠隔《えんかく》の地で行なわれた。残党はさかんに策動した。支部の金——脅迫《きょうはく》によって付近いったいから巻きあげた金を湯水のように使って、一味を助けようと、むだな足掻《あが》きをみせた。彼らの生活、組織、犯《おか》した悪事に通じている一人物の、冷静な、感情を交えない供述は、弁護人のいかなるこじつけによっても揺《ゆる》がなかった。多年害毒をながしたスコウラーズも、ついに壊滅《かいめつ》するときがきた。その日からかの谷は永遠に暗雲を払《はら》いのけられたのである。

マギンティは最後のときは泣きわめきながら、ついに絞首台上でその生を終った。部下の主なもの八人も同じ運命をたどった。五十幾人のものが、それぞれの罪状に応じて、長短の入獄を命ぜられた。バーディ・エドワーズの仕事はかくして完成されたのである。

しかも、彼の予想したとおり、これで禍《わざわい》がなくなったわけではなかった。問題はまだ後まで尾《お》をひいた。その一つとしてテッド・ボールドウィンは死刑《しけい》を免《まぬか》れた。ウイラビー兄弟もそうだった。ほかにも剛《ごう》のものでありながら死を免れたものが何人かあった。

十年間、彼らは世間から隔絶されたが、ついに自由を得る日がきた。相手を知るエドワーズが、その日以後自分の生活に平和はあるまいと覚悟《かくご》した日である。

彼らはエドワーズの血をみることによって、仲間のためあだうちをとげようと誓《ちか》いあっていた。みんなはその誓いの実現にはげんだ。彼がシカゴを追われたのは、二度まではねらわれながらうまく外《そ》らしはしたが、三度目は自信がもてなくなったからだった。

シカゴを後にした彼は、名をかえてカリフォルニアへ移った。そこではエティーに死なれて、しばらくは心の灯火《ともしび》を失った思いを味わった。

しかもここでもまた殺されかけた。そこでふたたび名をダグラスとかえ、寂《さび》しい谷あいにはいりこんで働いた。そしてバーカーというイギリス人と組んで働き、かなりの資産をのこした。

そのうちにまたしても、血に餓《う》えた犬が跡《あと》をかぎつけたから注意しろという警告をうけたので、際《きわ》どいところでイギリスへ落ちのびたのである。

こちらへ来てからはジョン・ダグラスとして良縁《りょうえん》を得て再婚し、サセックスのいなか紳士《しんし》として今日《こんにち》までおだやかに過ごしてきた。だがその生活もいつまでもは続かなかった。五年にしてついにこの奇《く》しき破綻《はたん》がきたのである――。

エピローグ

軽罪裁判所の手続は終って、ジョン・ダグラスの事件は上級裁判所に移されることになった。そして巡回《じゅんかい》裁判に付された結果は、彼の行動は正当防衛であるとして、釈放されることになった。

「どんなに犠牲《ぎせい》をはらっても、ご主人をイギリスにおいてはいけません」ホームズは夫人に手紙で勧告《かんこく》した。「こんどは危《あや》うく助かりましたが、こんなものとは比較《ひかく》にもならない恐るべき敵がねらっているのです。イギリスにいたのでは、ご主人の身の安全はありません」

それから二カ月、この事件の記憶《きおく》は私たちの心からうすれかけていた。するとある朝、郵便受になぞのような手紙がはいっていたのである。

「驚《おどろ》きましたね、ホームズ君！　驚きましたよ！」

あけてみたら宛名《あてな》もなく差出人の名もなく、ただ右のような一句が記してあるばかりである。私はあまりのことに笑ってしまったが、ホームズは妙《みょう》にまじめな顔をして、

「凶報《きょうほう》だぜ、これは！」とひと言いったきり、まゆをひそめてじっと考えこんだ。

その夜おそく、下宿の主婦のハドスン夫人が、ホームズに会いたいという紳士が来ている、重大な用件だそうだと取り次いだ。そのあとについて二階まで来ていたのは、堀《ほり》をめぐらした領主館《りょうしゅやかた》で知りあったセシル・バーカーだった。心配そうなやつれた顔をしている。

「困ったことになりましたよ、ホームズさん」

「私も心配していたところです」

「あなたも海底電信をうけとったのですか？」

「それを受けとったものから手紙がきました」

「ダグラスのことですがね。みんなは彼のことをエドワーズと呼びますけれど、私にとってはいつまでもベニト・キャニヨンのダグラスです。三週間まえに、パルミラ号

で夫婦《ふうふ》つれだって南アへ向かったことは、申しあげましたね」

「うかがいました」

「パルミラ号は昨夜ケープタウンに着きましたが、そこからダグラス夫人がこんな海底電信をよこしました。――セントヘレナ沖《おき》デ暴風ニアイ、ジャックハ甲板《かんぱん》カラ浪《なみ》ニサラワレタ模様。見テイタモノガナイノデ、事情ハイッサイ不明。アイヴィ・ダグラス」

「や、や、そんなふうにやってきましたか！　ふむ、うまく演出したものだ」ホームズは考えこんだ。

「というと、不慮《ふりょ》の災難じゃないとおっしゃるのですか？」

「ぜったいに、そんなことはありません」

「じゃ殺されたのですか？」

「そうですとも！」

「じつは私もそう思います。執念《しゅうねん》ぶかいスコウラーズのやつらが……」

「いやいや、そうじゃありませんよ。これには名人が関与《かんよ》しているのです。切り縮めた猟銃《りょうじゅう》や、へたな六連発なんか使うのとわけが違《ちが》います。筆のあとをみれば、誰の絵だかわかるように、私にはモリアティのやったことはすぐわかるのです。この犯人はアメリカ人じゃありません。ロンドンにいるのです」

「でも動機は何でしょう?」

「失敗の経験のない男――何をやってもかならず成功するという事実のうえに、特異の地位を築きあげている男の仕事です。偉大《いだい》なる頭脳と強力な組織の力が、一人の男を抹殺《まっさつ》するために総動員されたのです。金《かな》づちで胡桃《くるみ》を割るようなもので、力の愚《おろ》かなる浪費《ろうひ》ではありますが、それでも胡桃はまちがいなくつぶされたのです」

「その男がなぜこんなところへ、首を突《つ》っこんできたのでしょう?」

「それについては私はただ、この事件の最初の知らせをその男の部下から聞いたということだけしか申しあげられません。

このアメリカ人たちも利口です。イギリスで仕事をしなければならなくなると、どこの国の犯罪者でもよくやるように、この大きな組織に協力を申し込んだのです。その時から、ダグラスの運命はきまってしまいました。

最初このイギリス人は、組織の力を利用して犠牲者の住所を突きとめてやるだけで満足したでしょう。つぎにはいかにして実行するか、その方法を指示してやり、最後に、アメリカからきた手先が失敗したのを新聞で知って、いよいよ自分で乗りだす気になったのです。私はバールストンの館であなたに、今までのより大きな危険が迫《せま》っているると申したはずです。私の言葉があたったでしょう？」

バーカーはよわよわしい怒《いか》りをみせて拳固《げんこ》で自分の頭をこつこつたたいて、

「こんな目にあいながら、黙《だま》っていなきゃならないというのですか？　その悪の王を懲《こ》らしめうるものは一人もないというのですか？」

「そんなことはいいませんよ」ホームズは遥《はる》かな未来を見やるような眼《め》つきをした。「打ちかつ者がないとはいいませんけれど、もっと時間をいただかなければ……まあ見ていてくださいよ！」

私たちはながいあいだ、無言のまますわっていた。ホームズの運命を予言する眼は、ヴェールを貫《つらぬ》くように、いつまでも張りつめていた。

――一九一四年九月から一九一五年五月まで『ストランド』誌発表――

解説

延原謙

これはドイルとしては最後に書いたホームズ長編《ちょうへん》小説 The Valley of Fear の全訳である。作者はホームズ物語の長編を四つ書いているが、そのなかで『バスカヴィル家の犬』をのぞいて、三つまでが一部二部の形式をとっている。『四つの署名』は一部二部とことわってはいないけれど、内容的にはそういえるであろう。

ところがこの小説はほかの二つと違《ちが》って、第二部だけとってみても、独立した一つの探偵《たんてい》小説になっているといえなくはない。そのためばかりでもあるまいけれど、一《いっ》般《ぱん》にはドイルの代表作と見なされている『バスカヴィル家の犬』よりも、この作のほうに愛着をもつ評者もあるらしいのである。

第二部はワトスン博士の文章ではないことになっている。そしてアメリカ語がたくさん出てくるようだが、それを生かして訳すことは私にはできなかった。この作ばかりでなく、ホームズ物語にはアメリカ人がしばしば出てきて、アメリカの俗語をさかんに使うが、これを日本語に表わすことは、ちょっと不可能であろう。日本語は一種類だからである。たとえば濁音《だくおん》のない日本語を使ってみたって、それは道楽がすぎるというものだろう。見当ちがいである。

この作の第二部には、冒頭《ぼうとう》に年月日が明記してあるけれど、第一部にはそれがない。しかし編中でバーカーの話すところなどから推定して、第二部の話が一八七五年のことだから、第一部の事件の起こったのはそれより十二年後の一八八七年のことと考えられる。すなわち少なくともこの年には、ワトスン博士はモリアティの存在を知っていたはずなのである。

しかるに『シャーロック・ホームズの思い出』のなかの「最後の事件」をみると、この事件は一八九一年のことなのだが、ワトスンはホームズにきかれて、モリアティという人物は知らないと答えている。

そこでワトソニアンは、ワトスンの健忘症《けんぼうしょう》を口惜《くや》しがるのである。だがそれは無理というものだろう。作者が「最後の事件」を書いたのは一八九三年のことで、『恐怖《きょうふ》の谷』を書いたのは一九一五年なのである。こういうところで揚《あ》げ足をとられては、作者もつらいかなと嘆《たん》じたことであろう。

なお余計なことだけれど、第二部に出てくるギルマートン山やヴァーミッサなどの地名は、実在しないらしい。またスコウラーズというのも、何を意味する言葉なのだか、私にはわからない。第一部に出てくるバールストン館《やかた》なども、ジョージ何世なんかは実在だとしても、むろん仮名であろう。ベーカー街二二一番Bはイギリス人でも探しにゆく人があるというが、諸説があって現在は特定できないらしい。

（一九五三年八月）

改版にあたって

この度、活字を大きく読みやすくするに当たり、新潮社の意向により外国名、外来語のカタカナ表記の正確、統一を図ることになった。訳者が一九七七年に没しているため、訳者の嗣子《しし》である私がその作業に当たったが、現代においてはあまりに難解な熟語や、種々の古風すぎる表現も多少改め、不適当と思われる訳文を修正した。

あくまでも原文に忠実にを基本に置き、物語の背景であるヴィクトリア朝の持つ雰《ふん》囲気《いき》を伝える程度の古風さは残したいと考えつつ、もとの訳文の格調を崩《くず》さぬよう留意して作業したつもりであるが、読者諸氏の御理解を得られれば幸いである。

改訂に当たり、訳者の姪《めい》である成井やさ子、および、新潮文庫編集部の協力を得たので、ここに謝意を表する。

延原　展

（一九九〇年五月）

本作品中には、今日の観点からみると差別的表現ととられかねない箇所が散見しますが、作品自体のもつ文学性ならびに芸術性、また訳者がすでに故人であるという事情に鑑み、原文どおりとしました。

（新潮文庫編集部）

シャーロック・ホームズの冒険
C・ドイル
延原謙訳

ロンドンにまき起る奇怪な事件を追う名探偵シャーロック・ホームズの推理が冴える第一短編集。「赤髪組合」「唇の捩れた男」等、10編。

シャーロック・ホームズの帰還
C・ドイル
延原謙訳

読者の強い要望に応えて、作者の巧妙なトリックにより死の淵から生還したホームズ。帰還後初の事件「空家の冒険」など、10編収録。

シャーロック・ホームズの思い出
C・ドイル
延原謙訳

探偵を生涯の仕事と決める機縁となった「グロリア・スコット号」の事件。宿敵モリアティ教授との決死の対決「最後の事件」等、10短編。

シャーロック・ホームズの事件簿
C・ドイル
延原謙訳

知的な風貌の裏側に恐るべき残忍さを秘めたグルーナ男爵との対決を描く「高名な依頼人」など、難事件に挑み続けるホームズの傑作集。

緋色の研究
C・ドイル
延原謙訳

名探偵とワトスンの最初の出会いののち、空家でアメリカ人の死体が発見され、続いて第二の殺人事件が……。ホームズ初登場の長編。

四つの署名
C・ドイル
延原謙訳

インド王族の宝石箱の秘密を知る帰還少佐の遺児が殺害され、そこには〝四つの署名〟が残されていた。犯人は誰か？　テムズ河に展開される大捕物。

C・ドイル
延原　謙訳
バスカヴィル家の犬

爛々と光る眼、火を吐く口、全身が青い炎で包まれているという魔の犬――恐怖に彩られた伝説の謎を追うホームズ物語中の最高傑作。

C・ドイル
延原　謙訳
シャーロック・ホームズ最後の挨拶

引退して悠々自適のホームズがドイツのスパイ逮捕に協力するという異色作「最後の挨拶」など、鋭い推理力を駆使する名探偵ホームズ。

C・ドイル
延原　謙訳
シャーロック・ホームズの叡智

親指を切断された技師がワトスンのもとに駆込んでくる「技師の親指」のほか、ホームズの活躍で解決される八つの怪事件を収める。

延原　謙訳
ドイル傑作集（Ⅰ）
―ミステリー編―

奇妙な客の依頼で出した特別列車が、線路上から忽然と姿を消す「消えた臨急」等、ホームズ生みの親によるアイディアを凝らした8編。

延原　謙訳
ドイル傑作集（Ⅱ）
―海洋奇談編―

十七世紀の呪いを秘めた宝箱、北極をさまよう捕鯨船の悲話や大洋を漂う無人船の秘密など、海にまつわる怪奇な事件を扱った6編。

延原　謙訳
ドイル傑作集（Ⅲ）
―恐怖編―

航空史の初期に、飛行士が遭遇した怪物との死闘「大空の恐怖」、中世の残虐な拷問を扱った「革の漏斗」など自由な空想による6編。

M・ルブラン
堀口大學訳

8 1 3
—ルパン傑作集（I）—

殺人現場に残されたレッテル〝813〟とは？ 恐るべき冷酷さで、次々と手がかりを消していく謎の人物と、ルパンとの息づまる死闘。

M・ルブラン
堀口大學訳

続 8 1 3
—ルパン傑作集（II）—

奸計によって入れられた刑務所から脱獄、ヨーロッパの運命を託した重要書類を追うルパン。遂に姿を現わした謎の人物の正体は……。

M・ルブラン
堀口大學訳

奇 岩 城
—ルパン傑作集（III）—

ノルマンディに屹立する大断崖に、フランス歴代王の秘宝を求めて、怪盗ルパン、天才少年探偵、イギリスの名探偵等による死の闘争図。

M・ルブラン
堀口大學訳

ルパン対ホームズ
—ルパン傑作集（V）—

フランス最大の人気怪盗アルセーヌ・ルパンと、イギリスが誇る天才探偵シャーロック・ホームズの壮絶な一騎打。勝利はいずれに？

ポ ー
巽 孝 之 訳

黒猫・アッシャー家の崩壊
—ポー短編集I ゴシック編—

昏き魂の静かな叫びを思わせる、ゴシック色、ホラー色の強い名編中の名編を清新な新訳で。表題作の他に「ライジーア」など全六編。

ポ ー
巽 孝 之 訳

モルグ街の殺人・黄金虫
—ポー短編集II ミステリ編—

名探偵、密室、暗号解読——。推理小説の祖と呼ばれ、多くのジャンルを開拓した不遇の天才作家の代表作六編を鮮やかな新訳で。

新潮文庫最新刊

大西康之著
起業の天才！
―江副浩正 8兆円企業リクルートをつくった男―
インターネット時代を予見した天才は、なぜ闇に葬られたのか。戦後最大の疑獄「リクルート事件」江副浩正の真実を描く傑作評伝。

永田和宏著
あの胸が岬のように遠かった
―河野裕子との青春―
歌人河野裕子の没後、発見された膨大な手紙と日記。そこには二人の男性の間で揺れ動く切ない恋心が綴られていた。感涙の愛の物語。

徳井健太著
敗北からの芸人論
芸人たちはいかにしてどん底から這い上がったのか。誰よりも敗北を重ねた芸人が、挫折を知る全ての人に贈る熱きお笑いエッセイ！

J・ウェブスター
三角和代訳
おちゃめなパティ
世界中の少女が愛した、はちゃめちゃで魅力的な女の子パティ。『あしながおじさん』の著者ウェブスターによるもうひとつの代表作。

L・M・オルコット
小山太一訳
若草物語
わたしたちはわたしたちらしく生きたい――。メグ、ジョー、ベス、エイミーの四姉妹の愛と絆を描いた永遠の名作。新訳決定版。

森晶麿著
名探偵の顔が良い
―天草茅夢のジャンクな事件簿―
事件に巻き込まれた私を助けてくれたのは〝愛しの推し〟でした。ミステリ×ジャンク飯×推し活のハイカロリーエンタメ誕生！

新潮文庫最新刊

野口卓著
からくり写楽
—蔦屋重三郎、最後の賭け—

〈謎の絵師・写楽〉は、なぜ突然現れ不意に消えたのか。そのすべてを知る蔦屋重三郎の奇想天外な大仕掛けを描く歴史ミステリー。

真梨幸子著
極限団地
—一九六一 東京ハウス—

築六十年の団地で昭和の生活を体験する二組の家族。痛快なリアリティショー収録のはずが、失踪者が出て……。震撼の長編ミステリ。

幸田文著
雀の手帖

多忙な執筆の日々を送っていた幸田文が、何気ない暮らしに丁寧に心を寄せて綴った名随筆。世代を超えて愛読されるロングセラー。

安部公房著
死に急ぐ鯨たち・もぐら日記

果たして安部公房は何を考えていたのか。エッセイ、インタビュー、日記などを通して明らかとなる世界的作家、思想の根幹。

燃え殻著
これはただの夏

僕の日常は、嘘とままならないことで埋めつくされている。『ボクたちはみんな大人になれなかった』の燃え殻、待望の小説第2弾。

ガルシア=マルケス
鼓直訳
百年の孤独

蜃気楼の村マコンドを開墾して生きる孤独な一族、その百年の物語。四十六言語に翻訳され、二十世紀文学を塗り替えた著者の最高傑作。

Title：THE VALLEY OF FEAR
Author：Sir Arthur Conan Doyle

恐《きょう》怖《ふ》の谷《たに》

新潮文庫　ト－3－8

昭和二十八年八月五日　発行
平成二十三年六月三十日　百五刷改版
令和六年十月二十五日　百十六刷

訳者　延《のぶ》原《はら》謙《けん》
発行者　佐藤隆信
発行所　株式会社新潮社

郵便番号　一六二―八七一一
東京都新宿区矢来町七一
電話　編集部(〇三)三二六六―五四四〇
　　　読者係(〇三)三二六六―五一一一
https://www.shinchosha.co.jp

価格はカバーに表示してあります。

印刷・株式会社三秀舎　製本・加藤製本株式会社

ISBN978-4-10-213408-5 C0197